プリシラ
年齢：約12歳
身長：148cm
人魚族と人族のハーフ。
外見は人族で人魚の特徴はない。
リヴァイアサン　瑠璃（るり）
年齢：創世記から
身長：人化した時は183cm
創造神が創った最後の聖獣。人魚族の相談役。
海の守護聖獣なので長期間海からは離れられない。
リスター
年齢：12歳
身長：160cm
赤毛の狼の獣人。
ブルーベル領で引き取られ騎士見習いをしている。
レン・ブルーベル
年齢：約3歳
身長：90cm
転生後、ブルーベル家の養子になった。
勇気を出しておねだりに挑戦中。やさ
ちびっ子転生日記帳 2
～お友達いっぱいつくりましゅ!～

セバスチャン
年齢：58歳　身長：180cm
ロバートたちの執事。セバスの父親。セバスよりは柔和なイメージだが、食えないタイプ。
ロバート・ブルーベル
年齢：58歳　身長：185cm
ギルの父親でヒューバートの祖父。前辺境伯・現ブルーパドルの町長。天才的な剣術で無双。豪放磊落《ごうほうらいらく》なイメージ。
ナディア・ブルーベ
年齢：55歳　身長：178cm
ギルの母親でヒューバートの祖母。前辺境伯夫人。一流の魔法剣士。だけど、可愛いものが好き。

ちびっ子転生日記帳 2
～お友達いっぱいつくりましゅ!～
沢野りお
絵
こよいみつき

CONTENTS

ブルーパドルの街　人魚編

ブルーパドルの街　人魚編

【第一章】ブルーパドルの街へ

まだ、外が暗い夜明け前。

目が覚めてしまったから、重い体をゆるゆると動かして立ち上がった。傷んだ床板に敷かれた、腐りかけのゴザの寝床に残るほんのりとした温もりを惜しむ。

ふらふらと危ない足取りで玄関戸にある大きい甕《かめ》に近づき、蓋を取り中を確認すると暗闇に揺れる水面はずいぶんと底に近かった。

今日は、水汲《く》みから始めよう。

骨と皮だけの体で桶《おけ》を二つ持って、外れかけの戸を音を立てないよう静かに開け、闇にまぎれ外に出た。

集落の井戸まで小走りにしていた足が、井戸の前の大人の男を見て止まる。

「あ？　なんでテメーがこんなところにいるんだよっ！」

男に怒鳴られて石を投げられた。

足元に拳大の石がゴツッとぶつかったのを合図に、夢中で走って家に戻った。戸を閉めて、その場でうずくまって、息を整える。

怖かった……。

今日、水を汲むのはもう無理だ。いつも、誰もいない時間を見計らって水汲みをしている。

誰とも会わないように……。

甕に縋《すが》るようにして立ち上がり、残り少ない水を手で掬《すく》って口に運ぶ。

温《ぬる》い水が、喉を落ちていった。

気を取り直して裏山に行く。食料を確保しなければならないから。いくつか熟した木の実を取って、罠《わな》にかかっていた小鳥を絞めて、小川で解体作業をする。

小川……というよりチョロチョロと水が湧き出ているだけだが、小動物の解体の血は洗える。

夜が明けないうちに家に戻ろう。

そして、じっとしている。

日が昇っても、外には出ない。

――出られない。

集落の大人たちは無視をするか、井戸の男のように怒鳴る。怖くて会いたくない。

子どもはもっと怖い。

面白がって石を投げる、棒で打ちつける、無邪気な言葉で心を傷つける。

ああ……子どもたちの声が聞こえてきた。

ぎゅっと身を縮めて耳を塞ぐ。

「おーい、ばけものー、でてこいよっ」

「ばけものー！　ここから、でていけー！」

笑い声と石が投げられ、家というか、崩れかけの小屋にぶつかる音が続いた。


「てやー！」

ビュンと剣が空を切る。

「やー！」

ふさっと受けられて、ペチンと剣を持つ手を叩《たた》かれる。

「むー」

痛くはないけど、剣を落としてしまった。

とてとてと剣を拾うのに、腰を落としたら。

「スキあり！」

お尻をペチンと押されてそのままコロリと転がされる。

「やぁーの！　しろがね、ずりゅい！」

「ズルくないぞ！　敵に背を向けるのが悪いんだぞ！」

白銀《しろがね》は小さい姿のまま、お座りをして上機嫌に尻尾を左右にふさふさ。

痛くはないよ？　紫紺《しこん》が風魔法でふんわり受け止めてくれたからね。

でも、悔しい。

『れん！　もういちど、だ！』

チルの言葉を受けて、うん、もう一度、お手合わせお願いします！

ぼくは、紫紺が「無理しなくていい」と諭してくれたけど、やっぱり強くならなきゃと思って剣の稽古を始めました。

昔、兄様が使っていた玩具の木剣で白銀相手に頑張っているの！

新しくできた家族に本当の子どもとして甘えたり我儘《わがまま》言ったりするのはぼくにとってハードルが高いので、とりあえず自分を鍛えて強くなります。

むん！

兄様やアリスターみたいな子どもや、お祖父《じい》様やお祖母《ばあ》様みたいな年配の方は平気だけど、父様とか母様ぐらいの大人はちょっと怖いみたいなの、ぼく。

ママとかママの友達に、痛いことといっぱいされたからかな？　ぼくに何もしない人ってわかっていても、体がビクッて反応しちゃうんだ。

そういうのも、悪い癖と思って直していかないとね！

ぼく、頑張る。

前とは違う、ぼくになるの。

せっかくシエル様が、もう一度チャンスをくれたんだもの。

怯《おび》えて小さくなっていた早宮連《はやみやれん》は、もういないんだよ？

ここにいるのは、レン・ブルーベルなんだ！

「よし、しろがねー、かくごー」

「おうよ！」

そして再び始まる「てやー」「やー」「いちゃい」気が抜ける掛け声の乱発。

「お、おい、レン坊」

「レン、副団長が呼んでるわよ？」

「んゆ？」

何？　ぼく、今は忙しいの。

白銀の尻尾相手に稽古しているんだけど、あっちにふさふさ、こっちにふさふさしていて、当たらないんだよ？

「あのな、レン坊。稽古に夢中になるのはいいんだがな……」

ぼくに話しかけてきたのは、ブルーベル辺境伯騎士団副団長のマイルズ・ブルーランスさん。

役職だけでいえば、父様の部下なんだけど前騎士団長様なんだって。

父様の父様、つまり前辺境伯様のときの騎士団長で、本当なら前辺境伯が退くときに一緒に辞めるつもりだったのに、父様のために騎士団に残ってくれているんだ。

まあ、そろそろ引退したいらしいんだけどね。

年は経ても、筋骨隆々の素晴らしい体格のイケオジです。

名前にブルーが入ってるのは、ブルーベル辺境伯の分家の印で、副団長さんは男爵家の出身の現男爵様らしい。

「マイじい、にゃんのごよう？」

うん、ぼくのお口は「マイルズ」が言えないので、「マイじい」呼びです、ごめんなさい。

でもマイじいは、にやにやと笑う口元を押さえて。

「いや、儂《わし》はいいんだがな……。レン坊がそこで剣の稽古をしていると、他の騎士たちが……」

ぼくがコテンと首を傾《かし》げながらお話を聞いてると、マイじいの後ろからアリスターと剣の稽古をしていた兄様が現れた。

「……レンが頑張って剣の稽古をしていると、皆も励みになるってお話だよ」

「げっ」

ん？　兄様が言ったあと、アリスターがすごいものを見る目で兄様を凝視したかと思えば……今はお腹《なか》を押さえてしゃがんでいる。

大丈夫？　アリスター、お腹痛いの？

「うぇっ、げほっ。だ、大丈夫だ」

「ヒュー……お前……」

兄様、やや引いた顔のマイじいにニッコリと笑顔を向けます。

「騎士たるものいつも平常心。冷静に状況を見極めて、感情に左右されることなく……違いましたっけ？」

「だから、儂は問題ない。むしろ、癒されるわ。だがな……他の騎士たちが……」

兄様とマイじいが、剣の稽古をしている騎士たちを見回す。

んゅ？

なんか急にみんな咳払《せきばら》いしたりして、慌てて剣を交え始めたけど、どうしたの？

ぼくの後ろで白銀と紫紺とチルがこそこそ内緒話。

「あいつら、レンのかわいい姿にメロメロだな」

「そりゃ、むさい騎士同士で剣を突き合うより、レンを見ていたいでしょうよ」

『いや、ちがうと、おもう。ふたりとも、れんのことには、ばかになるんだな。あいつら、れんのきあいに、ちから、ぬけてんだよ』

「マイじい……ぼく、ここでおけいこ、じゃま？」

「うっ！」

はっ、と胸を両手で押さえる、泣く子も黙るブルーベル辺境伯領騎士団副団長、「蒼《あお》い槍《そう》炎《えん》」の異名を持つ猛者《もさ》がガクリと片膝をついた。

「レンが一緒に騎士団の稽古場で剣の稽古してくれるの……僕は嬉《うれ》しいんだけどな。父様も許可しているし」

ギロッと騎士たちを睨《にら》みつける兄様。

「みんなに聞いてみたら？　レンがここで稽古してもいいかって」

「おい！　ヒュー！　……そ、それは……」

絶対にダメって言えないやつじゃん……とアリスターが呟《つぶや》くのが聞こえてしまった。

「いや、もう儂も許可する。邪魔してすまんかったな。なあに、稽古に身が入らん奴《やつ》は、儂が直々に相手になればいいだけだった」

「そうですね。なら、僕もそういう騎士には、稽古の相手をお願いしたいなぁ」

「二人して……騎士団を壊滅させるつもりか……」

気のせいか、騎士の人たちが真っ青な顔で涙目になってるよ？

「はて？」

なんでだろうね？

さあ、ぼくももっとお稽古しなきゃ！

「しこーん。つぎは、しこんがあいて、して」

「いいわよ。手加減しないんだから！」

『おまえら、あそんでんの？』

剣の稽古を終えたあとは、兄様たちと屋敷に戻ってお風呂タイムです。汗を流してサッパリ！

白銀は、濡《ぬ》れた自慢の毛同様にどんより萎《しお》れているけど……。もう、お風呂嫌いなんだから。早く慣れればいいのにね、お風呂気持ちいいよ。

今日は、辺境伯様のところへ呼び出されている父様以外でお昼ご飯。

母様が「レンちゃんも運動しているから、お腹が空《す》くわよね」と、お肉料理にしてくれるんだ。

もちろん、紫紺も白銀もお肉大好きだから、いっぱい食べてるよ。チルとチロ用に、お野菜や果物もちゃんと用意されています！

ご飯を食べたら、大きな欠伸《あくび》がひとつ。

むにゃむにゃ。

お昼寝の時間です。

兄様に連れられてお着替えして、ベッドへ。紫紺と白銀も一緒に、おやすみなさーい。

チルはその間、『なかまのとこへ、じょーほーしゅーしゅー、いくぜ』とふよふよ飛んでいってしまった。

お昼寝から目が覚めたら、身支度をメグに整えてもらって、絵本でお勉強をします。字を読んだり、書いたり。

自分の名前が書けるようになりました！

「レン様、お茶の時間ですよ」

優しい声で呼びに来てくれたのは、執事？　家令？　……とにかくなんでもできるセバスさん。

「あい」

使ったお勉強道具を片付けて、階段をセバスさんと手を繋《つな》いで下りて、母様の待つサロンへ。

セバスさんが開けてくれた扉からトコトコ室内に入ると、母様と兄様と……父様もいた！

「とうたま〜」

トテトテと歩くようなスピードで走って、ポスンと父様の足にしがみつく。

……子どものテンションがちょっと恥ずかしい。

父様とか大人から手を伸ばされると、叩かれるかもと無意識に体が拒否してしまう。

だったら、自分から飛び込んでいけばいいじゃないか！　と思いついて実行しているんだけど……恥ずかしいです。

でも、父様も母様もぼくが抱きつくと喜ぶから、頑張るよ！

「おおーっ、レン！　いい子にしてたか？」

足にへばりついたぼくを軽々と抱き上げて、満面の笑顔で高い高いをしてくれる父様、今日も恰好《かっこう》いいですね！

そんな父様の腕から、ベリッとぼくを奪い返す兄様の腕の中でパチクリと瞬きをする。

あれれれ？

「レンを乱暴に扱わないでください、父様！」

「そ、そんなぁ」

「あらあら、まあまあ」

ぼくは兄様の隣に座らせてもらい、セバスさんがぼく用のおやつとホットミルクを素早くテーブルに並べてくれた。

兄様に怒られて、ちょっとしょんぼりした父様は母様に慰められている。

おやつは焼きたてアップルパイ。

ぼくのリクエストです。

この頃、勇気を出して食べたいものをリクエストしてみてます。最初は、パンケーキとか果物とかだったけど、ぼくがこれ食べたいとか言うと母様がすごく喜ぶから、申し訳ないなーと思いながら、最近はケーキとかパイとかもおねだりしています。

パイは上手に食べられないから、兄様の「あーん」攻撃が待っているけど、しょうがない。

ちなみに白銀と紫紺は、小さいホールをひとつずつ食べているよ。

「とうたま、おしごとは？」

今日は、辺境伯様に呼ばれているとかで朝早く出かけていったよね？　朝ご飯のときには、もういなかったし。

「ああ、ちょっとヒューたちに話があってな」

優雅に紅茶を口に運んでいた兄様の手がピタリと止まる。

「僕にですか？」

「いや、そのぅ……ハーバードと話してて……ブルーパドルに行くことになった……」

「お祖父様のところにですか？」

ん？　今度は父様の父様に会いに行くの？

ぼくは、パイの食べかすを口にいっぱいつけたまま、首を傾げた。

生まれ育った実家だが、自分の家族を持ち過ごすうちに、ブルーベル辺境伯領主邸は俺にとって別のものに変わった気がする。

決して、弟のブルーベル辺境伯のハーバード・ブルーベルの魔王のごとく黒いオーラにビビっているわけではない。

……なんでこいつ、こんなに不機嫌なんだ？　人を朝早くから呼び出しておいて、何も言わずに不機嫌オーラだけ飛ばしてくるなよ。

「兄上」

「おう」

俺が執務室に入ってからも無視して、書類仕事を黙々と片付けていた弟が、顔も合わせずに声をかけてきた。

「兄上には、私の名代《みょうだい》として王都に行ってほしいんですが」

「はあ？　なんでだよ、いやに決まってるだろ」

俺は、そういう貴族のあれやこれやが嫌で騎士になったんだよ！

弟が優秀だったのも理由だが、今さら王都に行って貴族との付き合いなんてやりたくない。

「そういうわけにもいかないんです」

ハーバードは疲れたように眉間を指で揉《も》み執務机から移動して、対面のソファーに腰を下ろした。

「陛下から王家主催の夜会の招待状と、その時期に合わせていくつかの家からお茶会などの誘いがありまして」

「お前が行けばいいじゃん」

いつもそうだろう？

辺境伯という役柄、あまり王都には行かないイメージがあるが、実際は俺や騎士団がしっかり留守を守っているのと、父上である前辺境伯がまだまだ元気だからな、緊急時お前が戻ってくるまでは持ちこたえられるぞ！

「私が行ければ、行きますよ」

うわっ、不機嫌オーラが強くなった……。

なんだよ、どうしたんだよ。

「何か……問題が？」

ギロッと俺をひと睨みしたあと、はあーっと深く息を吐いた。

「戻ってこないんですよ、レイラたちが」

「へ？」

そういえば、お家騒動に巻き込まれないよう避難させていた辺境伯夫人のレイラと嫡男のユージーンが、戻ってきたとは聞いてなかった。

え？　まだ、父上のところから戻ってきてないのか？

「向こうで気になることがあるから離れたくないと、手紙ひとつ寄こしたきりですよ」

「そりゃ……。あれ？　呪いはどうした？」

「それは、向こうの教会ですぐに解呪したそうです。アンジェ義姉上《あねうえ》よりも強い呪いだったみたいですよ」

俺の妻のアンジェリカとハーバードの妻レイラは、分家の奴らに呪いをかけられていた。

それも「新しい命を得ることができない」ようにする呪いだ。

神官の魔法で解呪できる程度のものだが、呪いに気づかない間、二人がどれだけ苦しんだのかは想像できる。

まったく忌々《いまいま》しい連中だった。

「それで、いつ戻ってくるかわからない以上、社交に関しては兄上夫婦にお願いします」

「いやいや、待て待て！　どうしてそうなる？」

「私に一人で社交をこなせ、と？」

キラーンと物騒に光る目。

いや、待て怖い。

お前、実の兄に本気で殺気を飛ばすな。

思わず剣の柄《つか》を握っただろうが！

「どうしてほしいんだよ。正直に言えよ」

俺は後ろ頭をガシガシと掻《か》く。

この弟はやや素直じゃないところがある。仲の良い兄弟だと自負しているが、それでも素直に俺に何々してほしいとは言えないのだ。

今回もそうだろう。

奴は、やや不貞腐れた顔になった。

「兄上にレイラたちを迎えに行ってほしいのです。さすがに迎えが来ているのに留《とど》まることはないと思って」

「迎えか……」

聞けば、父上たちからもレイラに戻るよう伝えてもらったが、レイラは頷《うなず》かなかったそうだ。

俺が父上のところに行くのは、元気になったヒューや養子にしたレンを会わせる意味でも都合が良い。

しかし、今は騎士団も予算などを組む時期でもあり、忙しい……主にセバスとアンジェが。

「兄上が迎えに行けば、レイラの気持ちも諦めがつくと思うのです」

「うーん、しょうがないな……。マイルズがいる今は俺が動きやすいしな……」

腕を組んで天井を見る。ちょっと、かなりセバスに文句を言われる気がするが、もともと机仕事は俺よりセバスとアンジェが担っていたし、いいだろう。

それに、アースホープ領への旅行で事件に巻き込まれ怖い目にあわせたヒューたちにも、いい気分転換になるだろうし。

「それと、こちらはマイルズがいるので安心ですが、あの子も帰ってくるそうですよ」

「はあ？　あの子ってアルバートか？」

コクンと頷く弟そのいち。

アルバートは弟そのに。

「あの馬鹿。辺境伯《ココ》が大変な時期にダンジョンに潜っていて、つい最近ブルーベル辺境伯領の騒動を知ったらしいんです。で、私のご機嫌取りに急いで帰ってきているところですよ」

「冒険者稼業を楽しんでいるようで、何よりだ」

ブルーベル辺境伯の末っ子。

好奇心旺盛で自由な気質の弟は、ハーバードの補佐になるわけでも、俺のように騎士になるわけでもなく、分家に入るでもなく、冒険者になり、気の合う仲間と共にふらふらとしている。

父上の代から計画していた分家一掃の際には力を貸すように言い含められていたはずなのに、姿を見せないと思ったら……ダンジョン攻略かよ。

「馬鹿でも力はありますからね。伊達《だて》にAランク冒険者ではないでしょう。存分にコキ使います」

「ああ……そうか」

かわいそうに、弟よ。

ハーバードの悪魔の微笑《ほほえ》みが出てしまった。

こりゃ、かなり怒っているな。

こいつは怒れば怒るほど笑うんだ。

俺はぐいっと残りの紅茶を喉に流し込み、席を立つ。

「じゃあ、準備もあるから帰るわ。出発は早いほうがいいんだろう？」

「ええ。すみません、兄上」

これ、レイラに渡してくださいと、彼女宛の手紙を受け取り、執務室を出る足を止めて、ハーバードに問う。

「そういえば、レイラの気になることってなんだ？」

ハーバードは真剣な瞳で俺を見つめ、重々しく告げる。

「……人魚族の生き残り……ですよ」


「うわーあぁぁっ、しゅっごーいぃぃぃぃ」

ぼくは今、信じられないほど素晴らしく綺麗《きれい》な景色を、馬上で見ている。

「ああ、ほらほら、そんなに興奮すると落ちるぞ」

アリスターがお腹に腕を回して、ガッチリぼくをホールドしてくれた。

アリスターが乗っているお馬さんの前に、ちょこんとぼくがお邪魔しているんだよ。

そして、目の前には、青い空！　青い海！　白い砂浜！　白い家に青い屋根の街！

ここは、ブルーベル辺境伯領のブルーパドルの街！

隣国との戦端にもなりうる、辺境伯領の要の街だ！

でも、すっごい綺麗な街なんだよ？　前世のテレビで見たことがある地中海の国みたいに、全てが眩《まぶ》しいんだ！

ぼくが、ほわわわわ、と見惚《みと》れている間、馬車の中では父様が兄様におねだりされていたらしい。

「父様！　絶対に帰ったら、僕に馬を買ってくださいね！」

「わかった、わかったから」

「絶対ですよ！　練習用の子馬じゃなくて軍馬ですからね！　アリスターより乗馬を上手《うま》くなるんですっ」

「わかったから……ちょっと手を緩めてくれ……ぐるぢい」

どうして、ぼくが馬に乗っているかというと、それは数日前のこと。

ガタンゴトン。

ブループールの街を馬車で出て、しばらくするとすっかり風景が変わりました。

一本の広い街道と草原、遠くに見える森。

お昼ご飯を父様と一緒に食べた日の翌日に、ぼくたちは荷物をまとめてブルーパドルに向けて出発することになりました。

今回はお仕事の関係で母様とセバスさんはお留守番になってしまい、残念です。マーサ

さんも、母様が残るから一緒にお留守番になりました。

ブルーパドルの街には、父様と兄様とぼく、白銀と紫紺と妖精ズが一緒の馬車に乗って、もう一台の馬車にはぼくたちのお世話メイドとしてリリとメグが乗って向かっています。

騎士団から護衛としてアドルフさんとバーニーさんがお馬さんに乗って並走中。あと、騎士見習い兼兄様の従者候補のアリスターが、今回のメンバーです。

なんか、護衛が少ないと思う……。

「ん？　領内の移動だし、父様も騎士だし、こんなものだよ？」

兄様の清々《すがすが》しい笑顔で納得させられました。

ところで、ぼくのコンディションですが初日はまだ平気だったの。すぐにお昼ご飯で、馬車を降りて休んだし。馬車の中でお昼寝して、お茶の時間でまた馬車から降りて、夕方には泊まる予定の村に着いたし。

でも次の日……。

泊まる予定の街まで距離があるからと、初日に比べて休憩を少なくして移動していたぼくに、襲いかかる激痛。

我慢、我慢、我慢しなきゃ！

でも……でも……、お尻……痛いぃぃぃ。

「どうしたの？　レン。そんなに涙を溜《た》めて」

兄様がぼくの異変にすぐに気づきました。

ぼくは両目に涙をいっぱいに溜めて、口を引き結んで、首をふるふると振ります。我慢です！

「どうしたんだ？　具合が悪いのか？　おい、馬車を停《と》めてくれっ」

ああーっ、父様、ぼく、頑張るから馬車を停めちゃダメー！

白銀と紫紺も心配して、ぼくの手をペロペロ舐《な》めてくれるけど、痛いよう。

「ああ……、レン、お尻が痛いんだね？　今日は長い間、馬車に揺られてるから」

かわいそうに、と兄様が抱っこしてくれた。

うっ……呆気《あっけ》なく涙腺決壊です。

ダバダバダバ……。

「うわっ、そんなに痛かったのか……。ごめんな、父様気づいてあげられなくて」

父様がよしよしと頭を撫《な》でてくれます。

「うっ、ごめんしゃーい。いちゃい……がまん……むりぃ」

ぐすぐすと洟《はな》を鳴らすと、父様は鞄《かばん》から薄黄色の瓶を取り出し、ほんの少し飲んでごらんと言う。

ぼくは不思議に思いながら、ひと口ゴックン。

「ポーションだよ。痛みは取れるだろう。ただな……馬車に乗るのは変わらないしな……。

「おい、バーニー」

「はい」

「ちょっと、替わってくれ」

「へ？」

父様は、兄様からぼくを取り上げて、そのままひょいと馬車を降りてしまう。

そして、馬車の横を並走していたバーニーさんを馬から降ろすと、ぼくを抱っこしたまま自分がその馬に乗る。

「よしっ、しばらくこのまま移動する。行くぞ」

片腕でぼくを抱っこしたまま、父様は颯爽《さっそう》と片手で手綱を操り馬を走らせる。

おいていかれた馬車の中から、兄様の「父様ーっ、ずるいーっ」と叫ぶ声が聞こえた気がした。

その後は、アドルフさんとバーニーさんにも交互に乗せてもらった。二人とも父様のように片腕で手綱を操るなんて、素晴らしい！

いつか、ぼくも上手にお馬さんに乗りたいな。

時々、拗《す》ねた白銀と紫紺の背中にも乗りましたよ？

あれ？　ぼくってば、大人になってもお馬さん乗れないかも？　だって二人がヤキモチ妬《や》くから……。

あと、兄様がずっと「帰ったら乗馬の稽古だ！」って気合入れてたけど……どうしたんだろう？

そして、そろそろブルーパドルの街が見えてくる頃、アリスターが乗る馬に乗せてもらったんだ。アリスターは両親が冒険者だったから、小さい頃から馬に乗っていたんだって。

でも危ないから、ぼくのことを抱っこして乗るんじゃなくて、前に乗せてもらいました。

むふーっ、楽しいな！

兄様が「アリスター……お前まで裏切るのか……」とか呟いていたって、チルが教えてくれたけど、兄様はそんなこと言わないよ？


またまた、ブルーパドルの街を守る外壁を騎士団専属の門から待たずに入りました。なんかズルしたみたいで、申し訳ないです、はい。

街に入ると、馬車の乗り心地が急に変わった。

「んゆ？」

「レン。ブルーパドルの街は、大きな街道は石畳なんだよ。それも綺麗な色石なんだ」

「へえー」

父様と兄様に馬車の窓から見えるあれこれを教えてもらっていると、見えてきましたお祖父様たちが住んでいる大きなお屋敷が。

「わあっ、まっしろ」

他の家と同じく、真っ白な壁と真っ青な屋根。

ガラガラと馬車が門を通り過ぎ、お庭の噴水をぐるりと囲むようにできた道を通って、お屋敷の玄関前に到着します。

兄様に抱っこしてもらって馬車を降りると、そこには……セバスさん？

「ようこそ、お待ちしておりましたギルバート様」

「ああ、世話になるよ、セバス」

へ？　やっぱりセバスさん？

深緑色の髪は襟足の長さで切られていて、前髪がひと房だけ額にかかっている。切れ長の黒い瞳だけど、片眼鏡《めがね》はしていない。

ぼくの知っているセバスさんより、ちょっと年上……みたい。

ぼくがジロジロ見ていたのに気づいたのか、その人は腰をかがめてぼくと目線を合わして、穏やかに微笑む。

「ようこそ、レン様」

「セバスしゃん？」

首を傾げたぼくに、彼はちょっと眉を顰《ひそ》めた。

「あいつは、レン様にさん付けで呼ばれているのですか？」

「ひぇっ」

うわっ、優しい穏やかなおじさんが、急に怖い人モードになった。

ぼくは慌てて兄様の足にへばりつく。

「うーん、レンが遠慮して、使用人はさん付けで呼ぶんだよ。年上だからって理由でね」

ぼくはコクコクと頷く。

かろうじて、ぼく付きのメイドだけは、メグ、リリと呼ぶ。

もう一人のセバスさんは困った顔して、その場に両膝をついてぼくと向き合う。

「レン様、それはいけません。たとえ幼くてもレン様は主家の方。けじめのためにも使用人にさん付けは無用です」

「うう……ん、でも……」

セバスさんは、なんでもできるスーパーマンみたいな人だし、マーサさんは逞《たくま》しいお母さんって感じだし……、ぼくは困って兄様を見上げる。

「レンの好きなように」

苦笑しながら、そう答える兄様。

うんっと、うんっと……。

ここは前世とは違う世界。いわゆる身分社会だ。ぼくは拾われっ子だけど、今はブルーベル家の養子だ。

うう……ん、難しいけど……頑張る。

「あい。セバス……てよぶ」

「はい。私のことも息子同様にセバスとお呼びください。セバスチャンと申します」

「セバス……」

セバスさんとセバスチャンさんは、親子でしたかー！

セバスさ……じゃなくて、セバス父に先導してもらいながら、屋敷の中へ。

そして、ぼくの知らない、セバス家の真実が……。

「ギルバート様にお仕えしているのが、次男のセバスティーノ。辺境伯であるハーバード様にお仕えしているのが、長男のセバスティアゴ。三男はアルバート様と一緒に冒険者などになって、ふらふらしています、名前はセバスリンです」

「みんにゃ……セバスさ……、セバスなの？」

セバス父はにっこり笑って自慢げに胸を張った。

「覚えやすいでしょう？」

ええーっ、そんな理由なんだ……。

代々、ブルーベル家に仕える一族で、父様曰《いわ》く、とても優秀で剣術も魔法もできる万能型なんだって。

そして、とってもお仕事に厳しいらしい。

「ギルバート様のところで鍛えられて、ティーノもやり甲斐《がい》があるでしょうね」

「嫌味か。まあ、助かっているよ。ティーノは俺が辺境伯を継がなかったのが不満かもしれないがな」

セバス父は頭を振って父様の意見を否定しました。

「いいえ。あの子はギルバート様を主人と決めていました。爵位など気にもしていませんよ」

「なら、いいが」

ぼくと兄様は手を繋いで、大人しく父様たちの後ろを歩く。白銀と紫紺も尻尾をピンと立てて、ひょこひょこついてくる。

「こちらで、ロバートさまがお待ちです」

ガチャリと開かれた重厚な扉の向こうには、上部がアーチ型をした大きな窓から見えるエメラルドグリーンの海と、白に金糸の蔦《つた》模様の壁紙、オーク材の調度品の数々があり、その中央には……。

お、鬼だ……、鬼がいるぅ。

ぼくは、カチンと恐怖で固まった。

ああ……やっぱりこうなったか……。

俺はその場で立ったまま、やや虚《うつ》ろな目に久しぶりの両親の姿を映していた。

父のロバート・ブルーベルは、その厳つい顔とデカイ体に似つかわしくないデレデレのやに下がった顔で、片手にレン、もう片手にヒューを抱き上げ、二人の頬にキスしては頬ずりを繰り返している。

レンには「かわいい」を連呼して、ヒューには、時折り腕から下ろし「跳んでみろ」「足踏みしてみろ」と、足が治ったのを確認すると、再び抱き上げぐりぐりと頬ずりをする。

俺とハーバードは母に似たのか、どちらかというと細身のタイプで、父は副団長のマイルズと同じく筋肉お化けだ。年のわりには、隆々と盛り上がった筋肉と、俺より高い身長。

この街で過ごしているからか日に焼けた肌に、髪の毛と同色の金髪のラウンド髭《ひげ》が近寄りがたい雰囲気を出している。

本人は気さくで快活な人なのだが、初めて目にする子どもにはその容貌は怖いだろう。

慣れているヒューはともかく、レンはビビって、最初ひしっとヒューの足にへばりついていたしな……。

まあ、今は別の意味で、魂をどこかに飛ばしたような顔をしているが、すまん、父様は助けてやることはできない、許せ。

そおっと、顔を背けると、そんな父の姿を無表情で見つめている、母の姿が。

青い髪をひっ詰めて後ろでまとめて、首の詰まった古めかしいデザインのドレスを着ている女性。いささか女性にしては、背が高くスレンダーで隙のない立ち姿だ。

ピクリとも動かない表情は、弟のハーバードを思い出させる。冷たく光る目は、濃い青色。

ナディア・ブルーベル、前辺境伯夫人で、父がマイルズ以外に己の背を預けられる一流の剣士であり、一撃必殺の魔法士でもある、「闘う貴婦人」こと、俺の母だ。

一見、孫に愛情を注ぎまくる父を、冷たく見つめているように見えるが、それは違う。

よく見ると、母の両手はわきわきと動いている。

あれは、自分もレンとヒューを撫でくり回したいと思っているか、父の足元でレンを助けようと、ニャーニャー、ワンワンしながら、ぴょんぴょん跳ねている白銀と紫紺を抱っこしたいと思っているかのどちらかだ。

俺は両親に挨拶するのを諦めて、さっさとソファーに座った。

はあーっ、疲れた。

セバスが冷たい紅茶と焼き菓子をいくつか用意してくれた。

……母上、変わりませんねぇ。かわいいもの好きの性格が……。

俺は遠い目をして、昔を思い出す。

ヒューの小さい頃やアンジェを紹介したときも、母は両手をわきわきさせ、思う存分撫でていた。

あまり、子どもを褒める人ではないが、あのときは「こんなかわいい嫁が！　でかしたギル！」「あんたみたいな子から、こんな天使な孫が！　よくやったギル！」とベタ褒めだったなぁ……。

母上の部屋……昔、兄弟で屋敷の探検ごっこで無断で入ったことがあるが……見事にピンク、ピンク、ピンクの大洪水だった……。

「ずるいですわっ！　貴方《あなた》！　わたくしにも……わたくしにも、ヒューとレンを抱っこさせてくださいませっ」

「おおぅ、すまん、すまん。いやー、我が孫ながらめちゃくちゃかわいいな」

「当たり前ですわっ。さあ、お祖母様ですよ～」

母上、その猫撫で声……気持ち悪いです。

「はあーっ」

俺はため息をついて、焼き菓子ひとつを口に放り込む。これは、落ち着くまでに時間がかかるな、と半ば諦めた気持ちだ。

窓から海を眺め、紅茶で菓子を流し込む。

「ああ、茶が旨《うま》い」


うぅーっ、うーうぅ。

「レン、じっとしてて、はい」

スポーンと洋服の襟ぐりから、やっと頭を出せたー！

ブルーパドルに着いて二日目！

ちょっとお寝坊したぼくは、自分で洋服を着ることにチャレンジしています！

これも強くなるための特訓なの。でも、今みたいに襟から頭が上手に出せなかったり、ボタンを掛け違ったりしちゃう。

あれれ？　ぼく、前世はちゃんとお着替えできたのに、たぶんこの短くてぷにぷにした指が動かないからだよ！

スプーンもフォークもちゃんと持てなくて、グーの手で握ることしかできないんだもん。

「にいたま、ありがと」

だから、結局兄様に手伝ってもらうんだよね。

でも、今日は不機嫌なの！　プンプンだよっ。

ブルーパドルの街でも、毎日剣の稽古をしようと思ってたのに、兄様ったら、ぼくを起こさないで朝の剣の稽古を終えてしまったんだもの。

白銀と紫紺も起こしてくれなかったし……、ちぇっ。

「あはは。そんなに頬を膨らませて。ごめんって。気持ち良さそうに寝ていたからね、起こすのがかわいそうで」

ぷにっと膨らんだ頬をつっ突きながら謝らないで！

「昨日は、とっても疲れたからね……」

おっと、兄様が昨日の出来事を思い出して、目に光がなくなっちゃった。

昨日……、ぼくたちはお祖父様とお祖母様から、熱烈歓迎を受けた。

それも全力の。

ようやく、二人から解放されたときには、体力なんて余ってなかった。

そして、お祖父様とお祖母様はそのあと、白銀と紫紺も全力でかわいがっていた。父様が慌てて「その子たちは神獣様と聖獣様ですよ！　手紙でもちゃんと伝えたでしょう！」て、怒ってた。

白銀はお祖父様のこと「なかなかやるぞ、あの爺《じじい》」と、認めていたよ。

夕食は、出かけていた辺境伯夫人レイラ様と辺境伯嫡男のユージーン様とお会いした。

レイラ様は、ゴージャス美女だった。真っ赤な髪といってもアリスターのような真紅ではなくて、朱金のような赤で、緑色の瞳をした顔のパーツも派手な、ナイスバディな美女です。

性格はとてもおおらかで、明るく楽しい人です。

ユージーン様も、髪と目は兄様と同じ色だけど、印象や性格はレイラ様とよく似ていた。

ぼくに、「俺のことも兄様と呼んでいいぞ」と許してくれたのに、兄様がとってもいい笑顔で「ユージーンは違うでしょ。従兄弟《いとこ》でしょ。兄様はダメ！」と断っていたけど……なんで？

ブルーパドルの街二日目の今日は、父様はお祖父様に連れられて街の視察に行き、お祖母様とレイラ様とぼくと兄様は街に遊びに行くの。

え？ ユージーン様？ ……なんか、今、釣りにハマっていて、毎朝漁船に乗って釣りに行くんだって。しかも、ほとんど釣れないという……、何が楽しいの？

「さあ、レン。朝は領主邸専用の浜辺に行って海遊びするから、このズボンとサンダルをはこうね」

「あい」

ぼくは膝丈のズボンをよいしょ、よいしょとはく。

この世界はゴムがないので、子ども服でもボタンがいっぱい付いてる服が多いし、サイズ調整は紐《ひも》だ。

兄様がぼくがはいたズボンのウエストを、紐で絞って結んでくれる。

素足にサンダル……何かの植物で編まれたものに足を通して、足首に付属の紐をグルグル巻きつけて、やっぱり兄様に結んでもらう。

「痛くない？　慣れないとサンダルは痛いかも……」

「ん。だいじょーぶ」

「じゃあ、行こうか」

はい、と差し出された手に自分の手を重ねて、部屋を出る。廊下にはアリスターが控えていて、みんなでお祖母様たちが待つ、屋敷のエントランスへ移動しましょう。


ザップーン。

波が押し寄せては引いていく。

ここは領主邸専用の浜辺。

つまり、プライベートビーチ！

わあぉっ、ぼくってばお金持ちのセレブみたい。

白い砂浜に白いデッキチェアとパラソル。エメラルドグリーンの海に青い空、白い雲。

「きれー」

なんか、絵画を見ているみたい。

「一人で、海に入ったらダメだよ？　今日は父様がいないから泳ぐのは禁止！　波打ち際までだからね」

ちょっと厳しい顔で、ぼくに注意する兄様。でも、兄様も泳ぐの禁止なんだよね？

兄様……泳いだことないんだって。

ぼくもない。

いきなり、海で泳ぐのは怖いんだけど、泳ぎの練習をしたくてもこの世界にプールという施設はないらしい。

「ばあば、いってきまちゅ」

デッキチェアでくつろぐ美女二人に挨拶して、砂に足をとられないように、よたよた歩いて海へレッツゴー！

ちなみにロバートお祖父様、ナディアお祖母様と言えないぼくは、二人から「じいじ、ばあばでいいよ」と言われたので、そう呼ぶことにしています。

アースホープ領のお祖父様とお祖母様のときと同じく、呼び方が激しくお祖父様とお祖母様のイメージに合わないと思いながら。

「ぐっ。かわいいわ、かわいいわ、レンってば」

「お義母様《かあ》、気をしっかり！　お楽しみはまだ始まったばかりですのよ」

なんか……お祖母様たちも賑《にぎ》やかだね。

白銀と紫紺も、砂で足が汚れるのが不快なのか、眉を顰めながらぼくのあとをついてくる。

「にいたま、かいがら」

しゃがんで、砂に埋もれていた、薄緑色の貝を掘り起こしてみる。

「ほんとだね。綺麗な色の貝殻は持って帰ろうか？」

瓶に入れてキレイに飾ると海のお土産《みやげ》の定番ですね。

その場でいくつか貝殻を集めたあと、波打ち際で兄様と白銀と紫紺でキャッキャッと戯れて、お腹が空いたのでお祖母様たちと朝ご飯を食べて。

「さあ、街に行きましょうか」

レイラ様がそう声をかけると、セバス父が馬車の用意ができましたと告げに来ました。

片付けはセバス父とメグたちにお願いして、ぼくたちは馬車に乗って街へ。

緑や青、黄色やオレンジ色の石を敷き詰めた石畳みの道。白い石造りの家。お店は赤やオレンジ色などの鮮やかな色の布で飾られていて、ふくよかなおばさんが明るい声で客引きをしている。

「わー、にぎやか」

「ほら、ちゃんと足元見ないと、転ぶよ」

注意をしつつ、弟に激甘な兄様はひょいとぼくを抱き上げて、馬車から降ろしてしまう。

「ふふ。ヒューはすっかりお兄ちゃんねぇ」

ぼくたちは迷子防止でしっかり手を繋いで、街を歩きます。

時々、お祖母様が果実水を買ってくれたり、お店の主人が果物を切って試食させてくれたり、レイラ様が「美味《お》しいのよ！」とアイスを食べさせてくれたりしました。

母様へのお土産に、色の淡い布を選んだり、セバスへのお土産に二人して悩んだりして、ゆっくりと街を歩いていきます。

「さぁ、ここが街一番の洋服屋さんよーっ！」

「へ？」

レイラ様が案内してくれたお店は三階建ての立派なお店で、大きな窓には夜会用のドレスを着た人形がいくつも飾られていました。

でもなんで、お洋服？

「さあ、さあ入りましょうねぇ。今日は貸し切りよー」

お祖母様まで、上機嫌でぼくたちの背中を押していきます。

そこからは、試練でした。

ぼくと兄様は代わる代わる色々な洋服を着せ替えられて、その度に帽子や靴やタイを合わせてみて、また別の洋服を着て、サイズを測って……。

エンドレース！

でも、兄様と違ってぼくは……、ぼくは……、なんで女の子の服も着せられているの？

これって、お茶会とかに着ていくタイプのドレスですよね？

コテンと首を傾げる、ぼく。

「はわあわあわあわぁーっ、やっぱり、かわいいわ、うちの孫！」

「ですよね！　ですよね！　こんなかわいい甥《おい》っ子、たまりませんわーっ！　ちょっとこの青いドレスも着せてみましょ」

「あら、レンにはこの黄緑色のドレスも似合うわよ～」

……、なんで、いつのまにか人化して紫紺も交ざってんの？

さっきまで人化して、自分の服を選んで楽しそうにしてたのに、いつのまに、お祖母様とレイラ様に交じっているの？

どうして、白銀は端っこで目立たないように伏せているの？　助けてよっ！

兄様も笑っていて、助けてくれないしぃ。

はあーっ、ぼく、ようやくわかった。

ブルーパドルの街に行くのに、ぼくの荷物はまだ中に余裕のあるトランクひとつだけで、おかしいな？　って思ったんだ。

だってアースホープ領に行くときより少ないんだもん。あっちは一泊二日、こっちは行くだけで五日以上かかるのに……。

現地調達……ってことだったんだ……。

「いやー、アンジェもよくわかっているわー。足りない物はこちらで買い足してくださいって！」

「ええ。あの子もよくできた嫁ですよ」

ニコニコの二人の会話からハッキリわかったのは、こうなったのは母様の差し金だったということでした……。

ガックシ。

【第二章】嫌われ者の人魚姫

ガタン、ゴトン。

「レン、お尻痛くない？」

「ん。だいじょーぶ」

ぼくたちは昨日、一昨日と連日お祖母様たちに大歓迎されげっそり疲れてしまった体を、馬車の座席に沈めている。

今日は、父様とレイラ様と兄様、白銀と紫紺でお出かけです。

ユージーン様はまた釣りに行きました。ユージーン様は昨日も、満面の笑顔だけど釣果《ちょうか》なしの手ぶらで帰ってきて、レイラ様に呆《あき》れられていたのにね。

お祖父様は、お仕事。

辺境伯様に任されたブルーパドルの街の町長さんみたいな仕事が主だけど、こちらに派兵されている騎士たちのまとめ役でもあるので、今日はあいつらに稽古をつけてやるって気合入れてたよ？

父様が「あれは……やりすぎるな……」って呟いてたけど。

そして、馬車の中の雰囲気は重ーいです。

レイラ様と父様が、真剣な顔でお話ししてるの。二人は昨日の夜もお祖父様たちと、難しいお話してたんだよ。

買ってきた大量の洋服でする兄様とぼくのファッションショーが見たいと駄々をこねたお祖父様が、その難しいお話をするためにお祖母様に叩かれて連れていかれてた。

シリアスな顔の父様たちの邪魔をしないように、ぼくと兄様は父様たちが気にしている「人魚族」について、お勉強をしよう。


「だから、レイラが気になっていても、あの場所にいる孤児なら、そんなに親身になってもしょうがないだろう？」

「まあ！　そんな冷たいことを言うなんて！　あなたはやっぱりハーバードと兄弟ね」

プンッと頬を膨らますレイラ。

いや、君の辺境伯夫人としての自覚の問題……、はい、ごめんなさい。

ギロッと緑眼でキツく睨まれ、俺は呆気なく降参する。

レイラは、例のブルーベル一族のお家騒動のとき、命を狙われたユージーンと共に父のいるブルーパドルの街へ避難していた。

そのときに、人魚族の生き残りと思われる少女と偶然出会ったらしい。

「保護したいんだけど……あの場所にいる以上は迂闊《うかつ》に手が出せないわ」

「そりゃ……あの場所は隣国と我が領の狭間《はざま》の地。どちらの領地でもあり、どちらの領地でもないからな」

その人魚族の生き残りと思われている少女のいる場所とは、長年我が国と小競り合いを繰り返している隣国と、我が領地との間にあるハーヴェイの森の一角だ。

隣国では知らないが、我がブルーベル辺境伯領地の者は憐《あわ》れみと少々の面倒臭さを交えてこう呼ぶ。

『見捨てられた地』と。

森の中、そこだけ誰かの手が入ったかのように木々が伐採された平地と狭い浜辺に面した小さな集落がある。

もともと少し木々が少なかった場所に隣国から舟に乗って渡ってきた人たちが、長い年月をかけてひっそりと開拓した集落なのだろう。

祖国で居場所をなくして小さな舟で流れてきた者たちをかわいそうだとこちらで保護すれば、その中にいるかもしれない隣国のスパイに足を掬われる可能性がある。善意で施した結果が、守るべき領民の命を失うことになる……それだけは領主一族として避けなければならない。

だから、代々ブルーベル辺境伯はその地にいる者に人道的支援はしても、保護をすることはなかった。もちろん、今後もそうだろう、心苦しいことだが……。

その少女がスパイだと疑っているわけではないが、彼女一人を特例で保護すれば当然他の者も保護を願い出るだろう。

だから、ハーバードが言った、「放っておけ」というのは間違いではない。

ないが……ハーバードも言い方ってやつがあるだろう。すっかりレイラは臍《へそ》を曲げて、依怙地《いこじ》になってしまっている。

「かわいそうだわ。母親と二人数年前に海岸に流れ着いたそうなの。母親はそのまま体を悪くして、半年前に亡くなってしまったそうよ。あとはその少女だけで生活しているんだけど……」

「母親が生きているときは、人魚族の生き残りと邪険にされてなかったのか？」

「ええ。母親が亡くなった晩に、集落の長《おさ》の子どもが見たそうよ。彼女の涙が真珠に変わるのを」

「涙が、真珠に……？」

それは、人魚族の特徴のひとつと言ってもいいが、所謂《いわゆる》おとぎ話の類じゃなかったのか？

人魚族は下半身は魚で、人間に擬態してもどこかに鱗《うろこ》が生えている。そして、彼らが流す悲しみの涙は、真珠に変わる……らしい。

厄介な能力としては、海を波を操り、澄んだ歌声で船を沈めることができるとか。

しかし……、人魚族ははるか昔に滅んでいるはずだ……、神話として語られる大戦で他の種族に敗れ……聖獣の加護も空《むな》しく散ったはず。

「あの子が人魚族の生き残りならば、人魚たちの亡霊が取り戻しに来ると恐れているのよ。しかも、聖獣様の報復があると思って彼女を追い出そうとしているの……海へと」

そりゃ、その子が人魚族の生き残りでなかったら、ただの少女を海に沈めようとしていることになるな。

「はぁ、こんなこと、俺に解決できるわけないだろうが……」

俺は嫌な痛みを感じて、頭を押さえる。

瞑《つむ》った目の奥に、弟《ハーバード》のいい笑顔が見えた気がした。


紫紺が器用に後ろ足で立ちながら、ぼくたちに人魚族について教えてくれる。

「いい？　人魚族とはその名のとおり、上半身が人の姿で下半身が魚の姿をしている種族のことよ。人族のヒューやレンよりは長生きをするわ。水魔法が得意な種族で他にも歌声を使った操作系の魔法も得意よ」

ふんふん。

なんか前世の人魚とセイレーンが混ざった感じだけど、イメージは一緒だね。

「他の魔法はできないの？」

「いいえ。成体は、陸に上がると下半身が人に擬態できるの。陸では他の魔法属性も使えるけど、まあ初級程度ね。火魔法は扱えないわ。あとは、人に擬態しても体の一部に鱗が生えているのと、耳の形状が人と違うことと、指の間に水かきがあることが目印ね」

ぼくは、自分の手の指を見る。人魚さんはこの指の間に水かきがあるんだぁ、へぇー。

グーパーグーパー。

「あ、あと、悲しくて泣いたときの涙は真珠に変わると言われているわ。アタシは見たことなかいけど」

　ほえー、ファンタジーな世界だねぇ。

「人魚族って強いの？」

「個人差があるわ。一人一人の能力は陸だったら人族と変わらないわよ。でも水の中では強いわよ？」

「それって、聖獣の加護があるから？」

「っ。……」

　兄様の質問にテキパキ答えていた紫紺が、不自然に黙る。

　ぼくは、コテンと首を傾げて紫紺を見つめると、興味なさそうに寝ていた白銀が、わっと紫紺に覆い被さった。

「あー、ヒマだヒマだ。外に走りに行こうぜ、紫紺」

「え！　ええ」

　二人は、急に馬車の窓から外へと飛び出し、馬車と並走するように走り出してしまった。

「？」

　二人のいきなりの行動にぼくと兄様はお互いの顔を見合って首を傾げた。

　なんだろう……、ぼくにはまるで二人が、聖獣の話を避けたように見えたんだ。


　隠さなきゃ。

隠さなきゃ。

夜、寝ている間に剝がれる鱗。

母さんを思い出して流れる涙が変わった乳白色の玉。

見つかったら、また「化け物」って言われて殴られる。

隠さなきゃ。

小屋の中のむき出しの土を、手で掘り返す。

土が固くて、爪に血が滲《にじ》む。

隠さなきゃ。

見つかったら、海に連れていかれる。

海はダメ。

怖い。

だって……。

わたしは……泳げない……。


ブルーパドルの街の中心部にあるお祖父様のお屋敷からハーヴェイの森に辿《たど》り着いたぼくたちは、馬車から順番に降りる。

ここからは、森の中を歩くから馬車は置いていくんだって。

護衛についてきた騎士さんたちが、馬に水や飼い葉を与えている。アリスターとバーニーさんも、自分たちが乗ってきたお馬さんに、水と飼い葉を与えている。

こっちの世界のお馬さんは、用途によって種類がまちまちみたい。騎士団で飼育しているお馬さんは、軍馬だからすごく大きくて足も太い。前世のテレビで見ていたサラブレッドとは、違う種類だと思う。

父様が教えてくれたけど、騎士団のお馬さんは、鎧《よろい》を着て重くなった騎士さんを乗せて長い距離を走るから、体が大きくて足がしっかりしたお馬さんなんだって。

伝令や通信兵が乗るお馬さんは、前世で見たサラブレッドに近いかな？ こちらはスピード重視らしい。

荷馬車のお馬さんは、ちょっとずんぐりむっくりした体。王都の騎士団の精鋭が乗るお馬さんは、魔獣馬らしいよ。魔獣馬ってバイコーンとかの馬型の魔獣のことです。

でも、父様は王都の騎士団に魔獣馬は「敵国と戦うわけでもないのに、無駄遣い」だって言っている。

敵国や強い魔獣と戦うのは、辺境伯の騎士団や僻地《へきち》の領地の兵で、王都の騎士団は治安維持と王家や高位貴族の護衛が主な仕事、戦うとしたら王家に反逆した領主の兵ぐらい。その程度の兵力に魔獣馬を扱う意味がわからないそうだ。

父様……、それは見栄、というものじゃないでしょうか。

さて、馬車は降りたけど馬は何頭か一緒に連れていくみたい。アリスターと、他の騎士さんがお馬さんの手綱を握っています。

でも、森を進む順番がおかしくなーい？

先頭がレイラ様、アリスターとバーニーさん、兄様とぼくと白銀と紫紺、他の騎士さんたちで最後尾が父様。

「レイラ様……あぶなくないの？」

女の人が先頭歩くって、騎士道精神はどこにいったの？

ぼくが不満そうに顔を歪《ゆが》めているのを、当のレイラ様はおかしそうに笑い飛ばした。

「いいのよ。私は魔法が得意でね、とっても強いのよ！」

ムンと両手を腰に当てて、バイーンと大きな胸を反らします。

「そうだよ。レイラ叔母《おば》様はとっても強いんだよ。攻撃魔法は辺境伯騎士団随一なんだから」

「ええーっ」

……そういえば、辺境伯家の嫁は強くないとダメだって、分家のひとたち母様をいじめてたんだよね。

そうか……やっぱり強いのか……、辺境伯のお嫁さんって……。

「レイラ、火魔法は使うなよ！　森の中だからな。ヒューとアリスターは念のため剣の柄に手をかけておけ！　いざとなったとき、すぐに抜けるように」

「「はい！」」

「はーい。火魔法が一番得意なんだけど……、じゃあ水魔法にしようかしら……、でもいきなり襲ってきたら、つい慣れた魔法を使いそう」

「別に俺たちがいるんだから、そう警戒しなくてもいいだろうよ、ギル」

「白銀。これはヒューたちの訓練にもなるからな、危ないときだけ手助けしてくれ」

「そうね。でも森の中で火魔法を乱発されたらたまんないから、アタシが先頭で探査してあげるわ」

白銀が父様の横に、紫紺がレイラ様の前に出た。

「レンは、僕の隣でね！　アリスターじゃないよ、僕の隣でね！」

「あい」

……なんか、最近兄様がアリスターを意識しまくっている気がするんだけど……、今も馬の手綱を握るアリスターを笑顔で睨んでいる……かな？

「さあ、行くぞ」

ここから、およそ三〇分ぐらい歩くと問題の集落に着くらしい。

ぼくも頑張って歩くぞ！


馬車の中でヒューに聖獣の話を出されたとき、つい言葉に詰まってしまったわ。

白銀が気を利かして外に誘ってくれたから馬車から降りてしまったけど、ヒューたちはアタシの態度を気にしているかしら？

「はーっ、他の聖獣の話なんて……、気が重いわ」

「ああん？　しなきゃいいじゃねぇか。あいつらと会うこともねぇだろう。あいつらはみ

んな、人なんて嫌いなんだから
「人だけじゃないわよ」

騎士たちから少し離れたところをゆっくり走りながら、白銀と会話する。

「でも、そういうわけにはいかないでしょ？」

「は？　なんで？」

え？　この馬鹿、気づいてないの？

「だって、いるでしょ？」

「何が？」

「はあぁぁぁあっ？　アンタ、本当に気づいてないの！」

「何が？」

白銀は颯爽とアタシの隣を走りながら、器用に首を傾げてみせた。

「いるわよ、ここ。気配を感じないの？」

「へ？」

あ、この馬鹿、本当に気づいてなかったわ。

こいつってば、本当に神獣なのかしら？

しかも強さだけで言えば、上から二番目の強さを誇るはずなのに、頭が残念すぎるわ……。

「アンタが会うはずがないって言った、聖獣が……いるわよ」

「マジか……」

「向こうも気づいてると思うわよ？　こっちには神獣と聖獣と揃《そろ》ってるんだし、あの方がレンの保護を求めて全員と会って事情を話しているから、興味を持って会いに来ることも考えられるわよ」

「……会いたくねぇ」

そりゃ、アタシだって会いたくないわよ。

でもねぇ……この気配、あの聖獣だと思うのよねぇ。

人魚族の話も出ていたし、人の世界ではなぜか人魚族が滅んでいるって誤解しているみたいだし。

「レンを連れてブループールに戻ってもいいかな？」

「ダメでしょ。なんて理由付けるのよ。他に聖獣がいるから帰りますなんて、レンが興味持ったらどうすんのよ！」

「だよな……。他の奴らにレンは俺たちと契約しているなんて……言えないよなぁ……」

白銀の足がどんどん重くなり、とうとうポテポテと歩き出す。

「……聖獣の気配は遠い海の底から。向こうが出向かないことを願うしかないわね」

「ああ、あの爺か……」

爺って、アンタのほうが先に、あの方に創られたでしょうに……。

アタシは、チラリと海に目を向ける。

遠くに見える海は静かで、陽光に煌《きら》めいて見えたわ。

頑張って森の中を歩いたら、木々が開けた場所が見えました。

ここが、人魚族の生き残りさんがいる集落なのかな？

狭い砂浜と船を接岸させる小さな桟橋。集落の奥にちょっと大きな家があって、その周りに一〇軒ぐらいの粗末な家が建っている。集落の真ん中に井戸があって、鶏が数羽放し飼いにされていた。

「あの子がいるのは、あそこよ」

レイラ様は集落とは反対、つまり海のほうを指差す。それは、ボロボロな小屋だった。壁板の隙間がひどい、屋根に穴の空いた崩れそうな小屋。

え？　ここに女の子が一人で住んでいるの？

レイラ様は父様と兄様とぼく以外をその場で待機させて、その小屋へと足を進める。コンコンと引き戸を叩いたあと、声をかけながら戸を開けた。

「私よ、レイラ。ちょっといいかしら？」

遠目に見た小屋の中には、女の子が所在なさげにポツンと立っていた。

手足がガリガリに痩せて細くて、エメラルドグリーンの髪を伸ばし放しにしたまだ幼い女の子。

その子はレイラ様を見て少し微笑んだあと、レイラ様の後ろにいる父様と兄様を見た瞬間、顔を引きつらせてその場にうずくまってしまった。

「あらあら、どうしたの？」

レイラ様が駆け寄って、その細い体を抱きしめる。彼女は腕で頭を庇《かば》って体を小さく縮めて、ただ震えていた。

——そこには、前世のぼくが……いた。

長い間、大人に叩かれたり蹴られたり痛いことをされ続けると、声を上げたり抵抗したりすることができなくなる。泣くこともできずに頭を庇って体を小さく縮めて、ただ時間が過ぎるのをひたすら我慢して待つだけ。

幾度も幾度も、ぼくが自分を守るためにしていたこと……、この子も同じなんだとわかった。

「とうたま、にいたま、こっちにきて」

少女の様子に呆然《ぼうぜん》と立っている父様と兄様の服の裾を引いて後ろに下がらせてから、小屋の戸をよいしょよいしょと閉める。

ふうーっ。

ぼくは流れていないけど額の汗を拭く仕草をして、兄様と父様に向かって両腕を広げて通せんぼをする。

「「レン？」」

「あのこ、こわがってりゅの！　とうたまとにいたま、ちかくいったら、だめ！」

ガーンって音が聞こえるほどにショックを受ける二人。

そうだよね、イケメンでみんなに頼られる騎士団の団長さんとその息子、周りから好意を持たれて当たり前だったもんね。

でもあの子は父様たちが怖いの！　たぶん、集落の大人や子どもたちにも、散々ヒドイことをされていたんだと思う。

父様はぼくのキリッとした顔を見て、何かに気づいたようだ。ぼくの頭を優しく撫で撫でして、切なげなため息をひとつついた。

「そうか……そういうことか……。なら、あの子はすぐにでも保護しないとな……」

「父様、いいのですか？」

「うーん、でもこのまま、ここに置いておけないしな」

あれ？　今日は様子見に来て人魚族かどうかを調べるだけだったはずなのに？

あの子を連れてブルーパドルの街へ帰るの？

あの子のためには、そのほうがいいとは思うけど。

でも、外交問題？　スパイ問題はどうするんだろう？

短い腕を組んで頭を悩ましていると、後ろでガタンと戸が開いた。

「ギル、あの子は落ち着いたわ。でもしばらくは貴方たちは会うのを遠慮してちょうだい」

「ああ。刺激しないほうがいいだろう。それよりもレイラ、状況が変わった。あの子を連れて帰るぞ」

「えっ！」

父様は、驚いているレイラ様の耳元でこしょこしょ内緒話をする。レイラ様はうんうんと頷いたあと、輝く笑顔で「そうしましょ」と父様の背中をバンバンと勢いよく叩いた。

父様、痛そう……。

「話をするなら集落の長か……。レイラ、案内してくれ。バーニーもついてこい」

「はっ！」

そのあと、父様は他の騎士さんたちにもあれこれと指示を出していく。

「ヒューとレンにお願い事があるんだけど……。水妖精に頼んで水を出してもらえないかしら？」

レイラ様の言葉に、ぼくと兄様はお互いの顔を見合わせる。

「おみじゅ？」

「ええ。あの子の家の水甕の水が悪くなっているの。事情があって集落の井戸は使えないから、私が替えてあげたいんだけど……」

ん？　レイラ様は水魔法を使えるよね？

「レン。水魔法の水は飲み水には向いてないんだよ」

「ちるとちろのおみじゅは、いーの？」

「ああ。水妖精や精霊が作る水は大丈夫。自然のものだからね」

うーん？　よくわからないけど、チルに頼めばいいんだね？

レイラ様は、小屋の戸を開けて水甕を外に出して中の水を捨てている。

「ちるーっ」

『なんだ？』

「あのかめに、おみじゅ、いっぱい、だして」

『おう、いいぞ』

ふよふよ。

レイラ様は、チルの姿をちゃんとは見えないんだって。父様たちと同じく、光の玉に見えるそうだ。

兄様とレイラ様は水甕の中を綺麗にすすいで、その中にチルが『てりゃー』と気合を入れて、水をジャバジャバ注いでいた。

小屋の奥から、あの子がその様子を窺《うかが》って見ているんだけど……あの子？ チルが見えているのかな？

『おわったぞー。れん、まりょくもらうぞー』

「あい」

労働には対価を。

ちゃっかりしてますね、妖精さんって。

ぼくにはわからないけど、差し出した指の先から、うんくうんくと魔力を飲んで『ぷはー』と満足げなチルは、海を見て『じょーほーしゅーしゅーだ！』とふよふよ飛んでいきました。

　元気だねぇ。

　レイラが入っていったみすぼらしい小屋の奥に、女の子がポツンと立っていた。ひどく痩せていて痛々しいその子が、俺たちを見た瞬間にうずくまり頭を庇って怯える姿に、頭が真っ白になった。騎士団の団長として領民を守り魔獣を倒してきた俺は、羨望や好意の眼差《まなざ》し、少しの嫉妬の感情を向けられるのに慣れてはいたが、子どもに怯えられる経験はない。

　いや、ある……。

　レンに服の裾を摑《つか》まれて後ろに下がり、あの子が俺たちを怖がっていると窘《たしな》められた。その後、まるでその子を守るように両手を広げて、真剣な顔で俺たちを見るレンの姿に、ほんの少し前のことを思い出す。

　ああ、そうだ……。

　この子もそうだった。

　俺ぐらいの大人が怖い、レン。何度抱き上げても頭を撫でても、俺がその手を伸ばすと体を固くするレン。

　あの子もレンも、暴力に耐えてきた子どもなのだ。

　たぶん、この集落の大人……いや、ヒューにも怯えていたとしたら、子どもたちからも暴力を受けているのかもしれない。細かったあの体に、暴力の痕があるかもしれない。

このまま、あの子をここに置いておくことが正しいことなのか、ギルバート！

前の俺だったら、レンと出会う前の俺だったら、それでも隣国とのことを考え捨て置いたかもしれない。

でも……レンと出会った俺には無理だ。あの子を連れて帰ろう。

そのためにも、この場所からあの子だけを保護する理由が欲しいな……。

「ギル、あの子が落ち着いたわ。貴方にも会って話を聞いてほしかったんだけど、やっぱり無理そう」

レイラが小屋から出てきて、あの子と会うのを遠慮してほしいと言われた。

「ああ。刺激しないほうがいいだろう。それよりもレイラ、状況が変わった。あの子を連れて帰るぞ」

「えっ！」

急な方針転換に驚くレイラへ、俺は体を近づけ声を潜めてこっそりと話す。

「あの子、暴力を受けているだろう？　そんなところに一人子どもを置いておくのは問題がある。それでだな、隣国からの者でなければ、こちらで引き取ることもできると思う。あの子を人魚族の生き残りということにすれば誤魔化せるんじゃないか？」

「それは、そうだけど……人魚族の生き残りだったらどうするっていうの？」

「人魚族の生き残りなら、つまり隣国の者ではない。海から流れ着いたなら我が国の者かもしれないし、それこそ人魚族の国から来たのかもしれない」

「それで、通用するの？」

「させる。ここの奴らだって追い出そうとしているんだ、俺たちが連れていっても問題ないだろう」

レイラは、俺の顔をまじまじと見たあと、おかしそうにクスクス笑った。

そして、その馬鹿力で俺の背中をバシバシ叩く。

地味に痛い……。

「ええ、そうね。なら、集落の長の家に行って話しましょ。あの子が暴力を受けていたなんて気づかなかったわ……。いつも年配のシスターと一緒に来ていたのに……」

レイラはこの集落を訪れるときは、支援をしている教会の者たちと同行していたそうだ。

そのときには誰かに怯えたり萎縮したりするようには見えなかったらしい。

支援に訪れるときは、集落の長の家に神官と護衛の騎士たちが行き、レイラとシスターが直接あの子の小屋へ赴いていたとか。

あの子が大人に怯えるなら、ここに厳つい騎士たちを残していくのもあまりよろしくないな。

俺は集落の長の家にレイラとバーニーを連れていき、残りの騎士たちは来た道を戻り森の入り口で待機させる。念のため、集落の中を探り隣国のスパイらしき者がいないかどうかも調べさせよう。

「ヒューたちはどうする？　一緒に来るか？」

ヒューは少し迷ったあと、ゆるく首を振って集落の家々から隠れてこちらを見ている一角を指差す。

「僕は、あそこにいる子たちに話を聞くよ。あの子のことと集落の人のこと。子どもだから気づくこともあるからね」

「……そうか、頼む。アリスターを連れていくか？」

「いいえ。アリスターはレンの護衛に残していきます」

レンの護衛には白銀と紫紺がいるから、アリスターまで入れたら過剰戦力だけどな。

それより……ヒューよ、お前はなんの情報を集めようとしているのか？　あの子をいじめていた事実確認か？　それとも隣国のスパイの炙《あぶ》り出しか……。

おかしいな？

ヒューはアンジェと俺の良いとこ取りの自慢の息子だと思っていたのに……いつのまにか、弟《ハーバード》そっくりの腹黒さ……いやいや、そんなことはない。

俺たちは、一旦それぞれに動くことにしてその場を離れた。


今日も、井戸のお水が汲めなかった。

最近、漁が上手くいかなくって、おじさんたちがイライラしているみたい。そのせいで、いつもはわたしを殴らない人も殴ってくるし石をいっぱい投げられた。

髪を引っ張られてブチブチと抜けたときは、痛くて涙が出たし、でもその涙が普通の涙だったから、口汚く罵られてまた叩かれた。

悲しいときの涙は真珠になるからお金になるのにって怒られたけど、そもそも集落からは誰も出ていくことはできない。

わたしも……ここからは出ていけない。

何もすることがなくてただ部屋の中で立っていたら、優しい声とともに戸がゆっくりと開かれた。

たまに優しいお婆さんと一緒に訪ねてくるキレイなお姉さん、レイラさんって名前のお姉さん。

どうしたんだろう？　三日前に来たばっかりなのに？　ぼーっとレイラさんを見ていたわたしの視界に、大人の男の人と男の子が映る。

いっ！

声にならない悲鳴を喉の奥で上げて、咄嗟《とっさ》に頭を庇い体を縮めた。

殴られる！

蹴られる！

痛い！

それしか考えられなくて、ブルブルと震え出す体が止められなくて……。

驚いたレイラさんが、わたしの骨と皮だけの体を抱きしめて安心するように宥《なだ》めてくれる。

ようやく落ち着いて何度か深く息を吸って吐いていていたら、水を汲みに行ったレイラさんが顔を顰《しか》めていた。

「この水を飲んでいたの？」

レイラさんの顔、ちょっと怖いです……。

わたしは、オドオドして頷く。

レイラさんが「この水はもう飲んじゃダメ」と言って、戸を開けて水甕を外に出してしまった。

でも……井戸に水を汲みに行けないし、湧き水では手で掬っても僅かにしか飲めない……。

どうしようと、ぼんやり考えていたら、レイラさんは水甕をグワシッと掴んで残っていた水をその場に捨ててしまった。

あああああ、お水……。

レイラさんが水魔法で甕の中をすすいでキレイにしたあと、不思議なことが起きた。

不思議なモノ？　あれは、何？

甕の上をふよふよ飛ぶ……光の玉みたいな……ううん、なんか羽が生えている？

よーく見てみると、小さな男の子が両手を突き出して水をバシャバシャ出して甕を満たしている。

あれ？　何？

目を見開いてびっくりしているわたしの視界に映る、幼い黒い髪の男の子。

その子もびっくりした顔で、わたしを見つめていた。

「待っていてね。今日は貴方を連れて帰るわ！」

レイラさんが明るい顔で笑って、そう、わたしに言ってくれた、希望。

本当に？

本当に、わたし……ここから出ていくことができるの？

そのためには、わたしは人魚族の生き残りにならなければならないらしい。

よくわからないけど、「ばけもの」と呼ばれている今と何が違うの？

わたしは、人魚族の生き残りでも構わない。

ここから、出ていけるのなら！

でも、レイラさんが長の家に行ったあと、わたしは絶望を味わうことになる。

集落のおじさんたちが小屋に押しかけてきて、わたしを縄で縛り猿轡《さるぐつわ》をして拘束し肩に担いでどこかに運ぼうとしたから。

そして、おじさんたちはわたしに言った。

「生贄《いけにえ》だ！　こいつを、人魚を捧げれば、あいつは満足していなくなるぞ！　こいつを海に捧げるんだーっ！」

ああ……、あともう少しで自由になれたのに……。

でも泣いちゃダメ……。

涙を零《こぼ》しちゃ……ダメ……。

ぼくは小屋の裏のちょっと日陰になっているところで、落ちていた棒を拾ってぐりぐりと地面に絵を描いている。

父様とレイラ様は難しい話をするために集落の長の家に行ってしまったし、騎士さんたちはあの子が大人を怖がるから森の入り口まで戻っていった。なんでか兄様は集落の子どもたちと遊ぼうとその輪の中に入っていってしまったのだ。ぼくも一緒に行こうと誘われたけど……あの子をいじめる子たちと遊ぶのは嫌だから、行かなかった。

ぼくの護衛にアリスターが残って、ぼくのお絵かきを黙って見守っている。白銀と紫紺はずっと海を見ているんだけど、何か特別なものでも見えるのかな？

「い、いないぞ！　レンが気になるものなんか、何もいないぞ！」

「バカ！　そんな言い方は余計怪しいでしょ！　何もないわよー、アタシたちは海が珍しくて見ているだけよー」

バシッと尻尾で白銀のお尻を叩いたあとで、紫紺がぼくにニコニコ顔を向けたけど、その言い方がものすごく棒読みで何かを誤魔化しているみたいだった。

だから、ぼくも海を見てみる。

何が見えるんだろう？

「アリスター、なにみえる？」

「うーん、海だな……」

そういうことじゃないんだけど……。

「アリスター、ん！」

両手を上げて抱っこをせがむポーズをすると、アリスターは自然にぼくを抱き上げて片腕抱っこの姿勢になってくれた。

「ヒューには言うなよ。俺があとでブチブチ文句言われんだから」

おかしいことを言うなぁ、兄様はアリスターがぼくを抱っこしても文句なんて言わないよ？

そして、再び海をじっと見る。

んー、何も……あっ、あるね。

なんか沖のほうに、黒っぽい丸い何かがいくつか浮いているよ？

あれ、なに？　と訊《き》こうとしたら、アリスターが「なんだ？　あれ」と先に訊いてきた。

アリスターの見ている方向には小さな桟橋があって、今まさに数艘の舟が着岸して大人の男の人がわらわらとこちらに降りてきた。

「んゆ？」

「なんか、あいつら、こっちに来てないか？」

そうだね、みんな走ってこの小屋に向かっているね。海に舟を出していたのは漁のためだと思うけど、みんな手ぶらでこちらに走ってくるね？

アリスターはその大人たちから異様な雰囲気を感じたのか、小屋の裏に体を潜めながら成り行きを見ている。

「あ！」

叫んだぼくの口をアリスターが素早く手で塞ぐ。

ぐむむむ。

大人の男の人たちは乱暴に小屋の戸を開けると、そのまま中にずかずかと入っていってしまった。

そして、しばらくして男の人たちが出てきたんだけど……そのうちの一人は肩に何か荷物を担いでいる。

その荷物は、縄でぐるぐる巻きに縛られた、あの泣いていた女の子だった。

ぼくは、アリスターに口を塞がれたまま、ぎゅっと強く抱き込まれている。

あの男の人たちは、あの子をどうするつもりなの？

なんか、真っ直《す》ぐ海に向かっているんだけど……、舟に乗せるつもりなのかな？

あんなに、縄でぐるぐる巻きにして？

「レン、ここを動くなよ」

アリスターはぼくの体をそっとその場に離して、男の人たちの元へと走っていってしまった。

ぼくは、小屋の陰からそっと見ていたんだけど……アリスター……殴られている？

あの子を肩に担いだ男の人は黙って立っているだけで、あとの男の人……いち……にぃ……、五人でアリスターを囲んで殴って蹴っているようだった。

あわあわあわ、どうしよう。

なんで、アリスターは反撃しないの？

なんで、剣を持っているのに抜かないの？

兄様は、アリスターは強いって言ってたのに？

「ど……どうしよう」

あ！　白銀と紫紺に助けてもらおう！

「おい、いつまで遊んでやがる。早くこいつを海に放り込まないとあいつが来ちまうぞ！」

なんか……怖い言葉が聞こえた気がする。

男の人たちはアリスターをその場で押さえつける二人を残して、再び桟橋に停めてある舟に向かって歩き出す。

「やめろっ！　その子を放せっ！」

アリスターが体を捩《よ》じって激しく抵抗するけれど、二人の男の人たちはガッチリとアリスターの体を押さえ込んでいる。

アリスター、い、痛そう……。

どうしよう……、こうしている間にあの子が海に捨てられちゃうかも……、おじさんたちがあの子を海に放り込むって言っていたもん。

あれ？　人魚族なら海に入れられても平気なのかな？

でも……あんなに痩せてて体力とかなさそうだし……ちゃんと泳げるのかな？

「しろがね！　しこん！　いくよ！」

ぼくは海を見ていた二人を呼んで、小屋の陰から思い切って飛び出した。

アリスター、言いつけを破ってごめんね！　ぼくは、あの子を助けるっ。

相変わらず頭が重くてヨタヨタとしか走れないけど、頑張って走って悪いおじさんたちに追いつくんだ！

「ちょっと、レン！　どうしたの……、あら？」

紫紺が慌ててぼくを追いかけてくる、そしてようやくおかしいこの状況に気がついたみたい。

もう！　二人で海をずっと見ていて、全然こっちのことに気がつかないんだから！

あとで、二人ともお説教だよ！

「なんだなんだ、アリスターはどうしたんだ？　とりあえず、アレを離すぞ」

白銀がぼくとタタタと並走しながら、アリスターを拘束している悪いおじさんに向かって「えい」と雷魔法を穿《うが》つ。

「「わあああっ！」」

「邪魔ね」

紫紺が追い打ちで風魔法を操り、アリスターの両側にいた悪いおじさんたちを左右に吹っ飛ばした。

白銀の放った手加減しているだろう弱々の雷魔法で体が痺《しび》れていたところに強風に煽《あお》られたおじさんたちは、面白いぐらいにゴロゴロと転がっていったと、あとでアリスターから教えてもらった。

「レン、隠蔽魔法をかけるわ。大きな声出したらダメよ」

「あい」

ヨタヨタ。

ぼくのことを隠すより、早く走れるようにしてくれないかな？　と、ちょっと思ったけど……。

でもあの子を担いだ男の人が後ろを振り向き仲間の惨状を信じられないような顔で見て、「おい！　急ぐぞ」と足を速めたおかげで、距離が離れないようにぼくの後ろ襟を白銀がぱっくんちょしてびゅーんと運んでくれたので問題なしです。

ぶらぶ〜らと揺れながら白銀に運ばれたまま、おじさんたちが舟に乗り込んだあとに、こっそりと舟の後ろに乗り上に布を被せてぼくたちの姿をカモフラージュ完成！

「どこに行くのかな？」

「さあ？　でも、迂闊だったわ、あいつに気を取られていて……小者に気が回らなかったわ」

「ああ、あいつだけを気にしていたからな、他のことに気づかなかった……くそっ」

ちょっと、二人が落ち込んでいます。

ぼくが悪者を追いかけるなんて無茶なことをしたから？　いいえ、違います。悪いおじさんたちを追っているときに、拘束状態から自由になったアリスターがぼくたちに叫んで教えてくれました。

「クラーケンが出たらしいぞ！　俺はギルバート様たちに知らせてくるから、無茶なことしないで待っていろよっ！」

クラーケンって……海の魔物だよね？

俺たちは集落の奥にある大きな家、集落の長の家を訪ねてあの子を引き取る話をしている。

だがやっぱり、自分たちもブリリアント王国もしくはブルーベル辺境伯に保護をしてほしいのか、彼女を邪険に扱い暴力まで振るっていたくせに、俺たちが連れていくのに反対してきやがった。

俺もその長の厚顔無恥な対応にイラついたが、隣に座るレイラからの圧がすごい、怖い。

ここでは、俺とレイラはブルーパドルの街から来た者としか伝えていないので、まさかブルーベル辺境伯夫人と騎士団団長だとは思っていないのだろう、この長の爺さんの横柄な態度がなかなかに腹が立つ。

「とにかく、あの子はこちらで保護しますわ」

「しかし……同じ境遇の者の中から一人だけとは……。他にも幼い子どもがおりますので……」

「……ちっ」

おいおい、舌打ちしたか？　辺境伯夫人だろうが、お前？

「同じ境遇ですって？　あの子は隣国から流れてきた貴方たちとは、違うと思いますけどぉ」

レイラ、お前さ……高位貴族の淑女だろうが……額に青筋立てて扇を握りしめるな……ミシッミシッ音がして、俺が怖いわ！

「とにかくあの子を引き取るのは決定事項だ。お前の許可などいらん。急に集落に預けられていた子どもがいなくなったら無駄に心配をかけると思ってわざわざ好意で伝えに来ただけだしな」

「そ、そんな！」

「あの子が人魚族の生き残りだと言って嫌っていたのは、貴方たちでしょう？」

「いえ……それは……」

レイラのキツイ言葉に、態度が変わり始める爺《じい》さん。爺さんは視線を左右上下に彷徨《さまよ》わせ、噴き出した汗が額や首筋に流れ始める。

「共有の井戸や食料……あの子にはどうしていた？」

「！」

井戸は使わせていないし、食料は分けていない、朽ちかけの小屋に押し込めていたのは、すでに把握済みだ。

「あの子は海からの漂流者。出自が隣国とはっきりしているお前たちとは立場が違う。我が国の者かもしれないし……人魚族の生き残りなら海の者だろう？」

「そ……それは、そうですが……」

レイラが立ち上がり、手に持った扇を長に向けると睨みつけ冷たい声色で脅す。

「人魚族の生き残りなら我が国にて保護し調査が必要。貴方……隣国からの流れ者でありながら、我が国に……逆らうつもり？」

レイラに突きつけられた扇の先を見つめ、ガクブルする爺さんの姿がちょっと哀れだ。

もう、いいだろう。爺さんに言いたいことは言ったし、戻ってあの子をさっさと保護して街へ帰ろう。

俺も立ち上がり二人揃って項垂《うなだ》れた長の爺さんを無視して家を出ていうとしたら、傷だらけのアリスターが飛び込んできた。

「大変ですっ！　クラーケンが出ました！　そ……それと、あの子が男たちに拉致されて舟で海へ！」

……この短時間に、なんでそんなことになるんだよっ！

俺は、レイラに怪我《けが》しているアリスターを任せて、バーニーとともに外へと走り出す。

その背中にアリスターの悲痛な叫びが。

「レンもその舟に乗ってます！」

……だから、なんでそんなことになるんだよっ!!

最初は、なんでもない、いつもの商隊の護衛任務だと思っていた。

冒険者としてベテランの両親はそろそろ落ち着いて生活したいと、その護衛任務のあとは景気のいいブルーベル辺境伯領に行き定住するつもりだった。今まで冒険者として働き蓄えたお金もあるし、店を開いて商売してもいいかと家族で未来を話し合っていた。

俺たちの将来のことも考えて、冒険者として最後の任務を終えようとしていた、その夜に起きた悲劇を俺は一生忘れないだろう。

明日には、春花祭が開かれるアースホープ領に着くという夜。まだ幼い妹が、夜中にフラフラとテントを出ていくのに気がついた俺は、テントの外には両親の他に護衛の冒険者が交代で見張りをしているといっても危ないから、妹について外に出ていった。トイレかな？　と思っていたのに、妹はフラフラと歩き進めていく。その様子に不安になって、名前を呼んでも妹は足を止めないし、肩を掴んで引き留めても、さらに前に進もうと抵抗する。

さすがに妹の様子がおかしいと焦って両親を呼ぼうとしたとき、すでに商隊の馬車やテントは盗賊たちに囲まれていた。

激しい戦闘が始まる。

俺は妹を抱きしめて、木々の後ろに隠れようとした。

そして、出会った……最悪に。

「おや？　おまけもついてきましたか？」

ニヤーッと笑う道化師の恰好をした不気味な男。

すぐに逃げようと妹の手を引いて走る俺の邪魔をしたのは、その場でピクリとも動かない妹だった。いや動かないだけじゃない、その怪しい道化師の男の元に行こうして俺の手を放そうともがくんだ。

どうして？

妹の行動にショックを受けているうちに俺はあっさりその男に捕まり、商隊も盗賊たちに蹂躙《じゅうりん》され……目の前で父さんが奴らに斬られて母さんは俺たちを見つけ走り寄ろうとした背中を剣で切り裂かれる。

俺は……妹を盾にされ道化師の仲間になることを強要された……。

妹、キャロルはその夜からずっとおかしい。目は開いているのに眠っているようだし……喋《しゃべ》らないし、動かない……奴の笛が鳴らない音を奏でるとき以外は……。

盗賊たちは時々俺を殴った。道化師の男もだ。どうも、笛の能力が思ったように引き出せないらしい。

ざまあみろっ、と心の中で奴らを嘲り、キャロルの人形のような表情にこっそりと泣いた。もう、父さんも母さんもいない、俺しかキャロルを守れないのに……。

もっと最悪なことは、妹は鳴らない笛の音とともに歌うようになり奴らの悪事に加担するようになっていたことだ。妹の歌声が精神感応を起こして笛の能力を最大限に引き出すことに、奴が気づいてしまったから。妹の歌声の効果を試すのに子どもがいる他の商隊を襲ってみると、キャロルのような状態になった子どもが一人フラフラと自ら歩いてきて、奴らの虜囚《りょしゅう》になった。

「ふわははははは、素晴らしい！　素晴らしい！」

道化師の男は、上機嫌だった。

こいつは盗賊団の仲間とは違い……この盗賊団の雇い主らしい。いつも盗賊団に同行しているわけではなく、木の洞《ほら》や壁から空間を歪めて出入りしている不気味な能力の持ち主だった。

「あとをついてこようと思わないでくださいね。異空間に繋がっていますから、迷子になったら二度と出てこられないですよ」

憎々しげに睨む俺を怖がらせるように、ニヤーッと楽しげに笑う。

神出鬼没な奴に代わり、集められた子どもの世話は俺の仕事になった。盗賊どもでは子どもが怖がってしまうからだ。アースホープ領都のアーススターの街でも、日用品や食料の買い出しなど雑用を押しつけられていた。奴らは俺が逃げるとは思わないんだな……、まあ、キャロルを置いて逃げられないしな……、俺たちはどうなるんだろう……。

そんな不安を抱えていたときに、レンと出会った。

不思議な子どもだった。

なぜか、尻尾をもふもふされた……、ものすごくもふもふされた……、くすぐったい。

子どものくせに、仕事中の俺を心配してくれた。

優しい子だ……。

つい、余計なことを口走ったがあの子が奴らに捕まるのは、ものすごく嫌だった。

なのに……、まさかわざわざ俺らに捕まりに来て、あんな子どもと従魔だけで盗賊団を倒しちまうとは……。

奇跡的にキャロルの状態も戻ったし、俺たちは重罪を犯したのに運よくブルーベル辺境伯騎士団に身柄預かりとなった。俺は、騎士団団長の息子、ヒューバート様の従者見習いでもあるし、キャロルも見習いメイドという立場で読み書き計算の勉強を教えてもらっている。

両親と同じ冒険者になる夢は潰《つい》えたけど、ヒューバート様やレン様を守る騎士になるぞ！と誓いを胸に新たにブループールの街での生活が始まった。

ヒューバート様……ヒューって呼ばないと機嫌が悪くなるから、ヒューと呼ぶが……あいつは化け物並みに強い。俺だって父さんに教えてもらって、剣は同い年の奴らどころか、大人にだって負けないのに。実力差が悔しいから稽古する、また負ける、稽古する、負ける、稽古、負ける、稽古……て、地獄か！　ここは！

そんな過酷な日常にも慣れた頃、ヒューたちの付き添いで、ブルーパドルの街へ行くことになった。

ブルーパドルの街といえば、海だな……。

ヒューの奴、泳げるかな？　泳ぎなら俺は得意なんだけど……勝負したら勝てるかな？

俺たちはブルーパドルの街からさらにハーヴェイの森へ行き、しばらく歩くと隣国からの流れ者が作った集落に辿り着いた。この集落でハブられている子を保護するのが、今日の目的らしい。そのことを集落の長に伝えるため、ギルバート様とレイラ様とバーニー先輩がレンたちと離れることになった。他の騎士たちは、森の入り口まで戻って待機。

え？　なんでヒューは集落の子どもと遊ぶの？　お前、そんなタイプじゃないでしょ？　レンはどうすんの？　え？　レンは一緒に遊ばないの？　へ？　この兄弟、いっつもベタベタにくっついているのに？

俺がレンの護衛になったけど……、俺、必要？

だって、従魔だと思った犬と猫は、神獣様と聖獣様なんでしょ？　俺より絶対に強いじゃん……、まぁ、レンと一緒にいるのは心地いいからいいけど……。

しかし、集落の男たちがハブられている子を簀巻きにして担いで小屋から連れ出したところから、雲行きが怪しくなる。レンに絶対に小屋の陰から出てこないように言い含めて、男たちのあとを追う。

「おい！　待て。その子を放せ」

「ああ？」

男たちは全員で六人いた。俺にしてみれば、騎士の訓練も受けてなく武器も持ってない男たちなんて、何人いても楽勝だったはずだ。

「何をしている。その子は俺たちが保護する子だ。放せよっ」

子どもを担いでいた男の体を押しやりその子に手を伸ばすと、横から別の男に突き飛ばされた。

「余計なことをするな！　こいつは今から海に……生贄にするんだっ！」

突き飛ばされ尻餅をついた俺はその男のセリフに、は？　と口を開ける。

なんだ？　生贄って……、なんでそんな話になったんだ？

「あれを見ろっ。ク……クラーケンが……、クラーケンが襲ってくるんだ……」

「あんなの……俺たちじゃどうしようもない……。だから人魚族の生き残りなら、生贄にすれば……、満足して大人しく海に帰るかもしれない……」

「そうだ……人魚族の生き残りなら……」

男たちが異様な雰囲気で、ブツブツと呟き出す。

馬鹿か……、クラーケンが人魚族を食らうとか……。

生贄を差し出したら、大人しく海に帰るとか……、そんな話なんか聞いたことないぞ？

でも、こいつらはもうダメだ。

生贄を出せば助かると、そう信じている、信じようとしている。

俺は、剣の柄に手をかける。

……。

ギルバート様の言葉をふと思い出した。

――騎士は守る者。

その子を守るために、こいつらを斬る。それは正しいのか？　しかも、ここはブルーベル辺境伯領ではない。

俺は剣の柄からそっと手を放した。

騎士として、まだ見習いだけど騎士として、こいつらに手を出してはいけない。

「いいから、その子を放せっ」

「うるせぇっ」

殴られる、蹴られる。

痛い。

でも……絶対に手を出さないっ。

ああ……、でも、そのせいで……。

「クラーケンが出たらしい。俺はギルバート様たちに知らせてくるから！　無茶なことしないでくれよっ！」

レンがあいつらのあとを追って、舟に乗り海へと行ってしまった。

海での勝負ならヒューに勝てるかな？　なんて、呑気《のんき》なことを考えていた自分を殴りたい。

主《あるじ》に勝負で勝つことより、主を守ることを胸に刻めばよかった。

いつまでも、あんなことがあったのに俺が甘ちゃんだから……こんなに、殴られて……蹴られて……、レンを守ることもできずに……、危ない目に……。

俺は、あちこち痛む体を起こしてギルバート様に報告のため、集落の長の家へと走り出す。

ギルバート様への報告の前に、ヒューと会ったからレンのこと話しちゃったけど……マズかったかな？

俺は、鬼のような形相で海へと走るヒューの後ろ姿を見て首を捻《ひね》るのだった。

ギィコギィコ、おじさんが二人で舟を長細い棒で漕《こ》いで海の沖へと進めています。

もう一艘、違う舟におじさんが二人乗って後ろをついてくるけど……、こんな舟で海の沖に出て、大丈夫？

ぼくは、海に行ったこともないし、舟に乗ったこともないけど……、こんな人力オンリーで漕いでいくのかな？　でも、この世界にはエンジンとかないもんね……。

舟の後ろで大きな布を被ってそんなことを考えていたら、白銀がつまらなさそうに鼻を鳴らした。

「で、どうすんだよ」

白銀からの問いに、ぼくも途方に暮れる。

そうだねぇ、これから、どうしよう……。

「あら、あの子を助けるんでしょ？」

反対隣から、紫紺が軽い調子で言い放つ。

「たしゅけたいけど……、うみ、だよ？」

二人とも、泳げるの？　ぼく、無理。しかも、波がさっきから高くなっているのか、舟がグワングワン揺れているの……、ちょっと怖い。

「海か……。雷は……ダメだな……。うーん、あいつらみんな、舟から落とすか？」

「雷はやめなさい。みんな痺れるわ。あいつらを海に落としたあと、どうするのよ。アタシたちで舟を漕ぐの？」

「人化したら、イケる気がする！」

……白銀の自信が信用できないのは、なぜだろう？

ぼくは、ぴょっこり被っていた布から顔だけ出した。紫紺の隠蔽魔法がかかっているからおじさんたちに見つかりにくいし、小さな声なら聞こえにくいらしい。

ああ……、随分と岸から離れちゃったな……。

なんか、おじさんたちがすごい形相で舟を漕いでるんだけど。

ぼくは、舟の舳先《へさき》に縛られたまま寝かされているあの子の様子を窺う。

「ぐったりしてる」

抵抗もしないし、声も上げない、あの子。ちょっと心配……生きているよね？

舳先の向かう方向、ずっと先の海に見える黒い丸……、あれ？　大きい丸ひとつと、長い鞭《むち》みたいなのがいくつも伸びているけど、あれはなんだろう？

ぼくの隣から同じく、ぴょっこり顔を出した白銀と紫紺も目を凝らしてる。

「あー、クラーケンだな」

「ええ、クラーケンね」

あれ？　クラーケンっていうの？　そういえばアリスターが海に「出た」って言ってたね。

え？　海の魔物ですごい強いの？

そういえば、前世の物語でクラーケンといえばイカさんの場合とタコさんの場合があったけど……ここでは、タコさんバージョンみたいだね。

ぼくがクラーケンをタコさんと呼ぶと、白銀が目を大きく開いてこちらを見る。

「タコさんって……そんなにかわいくないぞ、あいつ。足で船でも山でも握り潰すし、体当たりしたら崖とか崩れるしな」

「暴れたら海が荒れるし、下手したら津波が起きるし、たいした素材も取れないし……邪魔なだけよ」

「おいしく、ないの？」

ぼくがタコさんを食べないの？　発言をした途端、二人が驚愕《きょうがく》の表情でこちらを凝視した。

君たち相変わらず、表情豊かだね？

「た……食べるの？　あれを？」

「嘘《うそ》だろ……ぬめぬめしていて気持ち悪い」

「……ゆでる、やく、おいちい」

ママの友達で機嫌のいいときに、たこ焼きを買ってくる人がいた。たまに、ぼくにも食べさせてくれて熱くて熱くて口の中を火傷《やけど》しちゃったけど、とっても美味しかったよ！

ブルーパドルの街は海鮮料理の屋台がいっぱい出てたけど、そういえば、タコ料理……見なかったなぁ。

「どうする？　白銀？」

「あ？　しょうがないだろう、どうせ倒すんだし、足の一本か二本千切って、レンにあげよう」

「うぇぇぇ。アンタがやりなさいよっ。生臭くてアタシは嫌」

なんか、二人がタコの足で揉め始めたけど、今はそれどころじゃないよ！　あの子のこと助けなきゃ！

ちょうど、おじさんたちは舟を漕いでいた長細い棒から手を放しあの子に手を伸ばそうとしていて、こちらには注意を向けていない。

「これ以上は、危なくて近づけない。ここら辺で捨てていこう」

「だいぶクラーケンとは離れているが、しょうがない……ちょっと波が高すぎるな。おい、足を持ってくれ」

おじさん二人して、あの子の体を持ち上げる。

「あら……海に投げようとしてるわね？」

「人って縄で縛られても泳げるのか？」

そんなわけないじゃない！

たいへん！　あの子があのまま海に投げ入れられたら、溺れて死んじゃうよ！

被っていた布をバサッと払い除《の》けて舟の舳先へと行こうとしたら、白銀に服の裾を噛《か》んで止められた。

「危ないっ。舟の上でひと塊になったら、バランスが悪いだろう」

「だって……」

はーなーしーてー、とジタバタしてたら、おじさんたちは「そぉーれ」と掛け声をかけてあの子を舟から海へと放り投げてしまった。

「「あ！」」

ぼくは、舟の縁に寄ってバッチャーン！ と水飛沫《しぶき》が上がった海面を覗《のぞ》き込む……、覗き……、あれ？ あれあれ？

ぼくは、まだ小さい体だったんだ！ 歩くのもよちよちだし、頭が重くてバランスの悪い幼児《こども》……。

そんな体で舟から身を乗り出して下を見ようとしたら……落ちるよね？

ボチャン。

ブクブク……。

ああ……、冷たい海水に包まれて、舟から落ちた衝撃で上下左右がグルグル回って、海面の方向がわからなくなる。

手を伸ばそうとして目に映るのは……、ただ静かに沈んでいくあの子の姿だった。

「「レン！」」

二人も海へと。

ボチャン！

ボチャン！

「な、なんだ……今の……。俺たち以外に舟に誰か……乗っていた？」

「おいおい、俺は頭がおかしくなったのか？　犬と猫が……喋った……」

舟に残された男たちは、見たことが信じられずにヘナヘナとその場に崩れた。

広い広い空に、ただ一羽の鳥が飛ぶ。

高く高く、上へ上へと天にも昇るように飛び……、天の裂け目に飲まれるように……消えた。

えっ⁉

なに？　なに？　なにが、なんで？

飲んでたお茶を噴いたよっ、ブーッて。

ど、ど、ど、どうしよう！　あたふた、あたふた、あーっ、どうしようっ！

あ、そうだ！　あの子に助けてもらおう、そうしよう。

僕はすぐに神界の水鏡を使って、あの子を呼び出した。

ブクブク。

どんどん沈んでいく、ぼくとあの子。

手を伸ばすけど、届かない。

海の色が濃くなって、暗くなっていく。

ううっ、苦しいぃよぅ。

ガボォッ……。

慌てて口を両手で押さえたけど、ボコボコと空気が泡になって上っていく。

ああ……、肺の中の空気が……出てしまった……みたい。

もう……、ぼく……だめかも……。

海の色と同化するように、ぼくの意識も暗くなって、闇に落ちていった。


ひととおり、集落の子どもたちと接してみて集めた情報を頭の中で精査していく。集落の長の子どもから、あの小屋にいた女の子の涙が真珠に変わったときの話を直《じか》に聞くことができた。

あの女の子、人魚族の生き残りとして集落から仲間外れにされていただけじゃなくて、暴力を受けていた。

ひどく痩せていて体が小さく見えたけど、僕より少し年下ぐらいかな？

僕と父様を見て自分の体を守るように縮めた彼女の態度は、いつの日かの僕の弟とそっくりだった。

僕の弟。

かわいい、かわいい、かわいい弟のレン。

父様たちには話していないけど、僕の家に引き取られたばかりの頃、同じベッドで寝ているとレンは毎晩うなされていた。小さな体を丸めて両腕で頭を庇う姿勢でぐすぐすと鼻を鳴らして泣きながら、「ママ、ごめんなしゃい」と謝っていたレンの姿に胸が痛かった。

レンは、ハーヴェイの森で神獣と聖獣に守られてはいたが、子ども一人で彷徨っていたらしい。

父様は「捨て子」だろうと言っていたけれど、暴力を振るうひどい親から逃げてきたのかもしれない。

だから、弟は僕が守ってあげなきゃ！

幸い、足の怪我？　呪い？　とにかく、体が治って剣の稽古もできるようになったし、もっともっと体を鍛えて強くならなきゃ！

でも、アースホープ領での事件のときに感じたけど、ただ強さだけが必要だったらレンには神獣フェンリルと聖獣レオノワールの守護がある。別に僕じゃなくても、レンは守られているよね……。

だから、別の強さも身につけようと考えた。

まぁ、ハーバード叔父様の請け売りになるけど……、父様が苦手とする方向の強さだけど僕は頑張る！　レンを守るためだもの。

そして、まず今回は情報集めとして子ども同士のお喋りからいろいろと有益な話を仕入れることにした。あの女の子の涙が真珠に変わった話は集落のみんなが知っていて、彼女が人魚族の生き残りだとみんなが信じていること。人魚族の生き残りだからって差別する行為はどうかと思うけど、集落全体が人魚族に対して忌避する気持ち？　があるらしい。よく、理解できないけど……、隣国では人魚族はそういう扱いなのかな？

それとは別に、隣国のスパイらしき住人がいること。これは、父様や他の騎士たちも気づいているみたいだから、僕としては放っておく。集落の住人のほとんどが隣国では訳りで、残念ながら善人ではなさそうだった。

例えば、集落の長は隣国では大商会の会頭だったが、ご禁制の品を扱い捕縛されるところを逃げてきたらしい。しかも、たんまりお金を持って……。なのに、僕たちの国に保護してもらおうって図々しいよね？

あと、子どもになんでも話すのは、やめたほうがいいと思う……。内緒だよ？　と言いながら今日会ったばかりの僕にベラベラと喋っていたから……。

んー、やっぱりこの集落は今までどおり、最低限の人道的支援に留めておくべきだね。

あの人魚族の生き残りとされる女の子だけ、保護すればいいと思う。

最近、レンはベッドでも体を伸ばして、すやすやと眠れるようになった。

あの子もそういう落ち着いた暮らしができるようになればいいな……。

さて、そろそろレン成分が不足してきたから、戻ろうっと。

ぎゅっと柔らかい体を抱きしめて、抱っこして、ぷくぷくほっぺをスリスリしよう。

ほんと、父様もお祖父様もお祖母様も叔母様も、みんなみんなレンのことを抱っこしすぎだよ！　レンのことを抱っこしていいのは、兄の僕だけなんだから！

……アリスターも、僕の目を盗んでレンとイチャイチャしてるんだよなぁ……、あいつ、
明日の稽古メニュー厳しめにしてやると、企《たくら》んでいたのが通じたのか、集落の井戸がある中心地の広場でアリスターとばったり出会った。

「どうした？　アリスター……誰にやられた？」

「ヒュー……」

アリスターは、怪我をしているのかよろよろと左足を庇うように歩いていたが、僕の顔を見てその足をピタリと止めた。

怪我は足だけではなく、騎士服が土に汚れていて顔は殴られたのか頬が赤く腫れていた。

「ヒュー……、大変だ、海にクラーケンが出た。それと、集落の男たちが……」

アリスターが僕の両腕を両手で摑み、必死に離れていた間に起きたことを報告した。

それを聞いていて自分の中でふつふつと怒りが湧いてくるのがわかる。

しかも……レンが男たちが乗った舟に乗り込んで海に出たって……大変じゃないかっ‼

「アリスター。お前はすぐ父様に報告してくれ。僕は海の様子を見に桟橋に行っている」

「ああ、わかった。すまん、レンを止められなかった……」

「いいから、早く行け！」

レンは、いつもにこにこしていて人を気遣う子だけど、頑固なところもある。

今回も、前回の春花祭のときのように止める白銀と紫紺を道連れに行動を起こしたんだ

ろう……、いやでも、アリスターも「レンを守る」仕事が達成できなかったから、あとで仕置きをするけど。頑固なレンは、僕でも止められないが、それはそれ、これはこれだからね。

僕は、ところどころ木が傷んでいる桟橋を走り、海に浮かぶ舟を見つけようと目を細めて見回した。

「いた！」

二艘の舟が、波に煽られて大きく揺れている。

舟に乗っているのは、大人が二人しか見えないな……。

キョロキョロと桟橋を見たら、残された舟が一艘あった。

「チロ」

『なあに？　ひゅー』

「これ、動かして」

僕は舟に乗り込み、僕の体にはやや大きい舟の櫂《かい》の片方を両手で握り込む。

『これって……これ？』

チロが僕の肩からふよふよと飛んで、顔の前の高さで止まり両手で舟を差す。

「うん。レンたちのところに行きたい。これ、早く進むように動かして」

『えーっ、うみは、みずだけど、みずじゃないから、やりづらい……』

「チロ、お願い」

ニコーッと笑顔で頼んでみると、チロはクルクルと回ってから僕の鼻に抱きついた。

『まかせて！』

そして、僕が舟を漕ぐよりも先に、海面が盛り上がってズザザアァァと滑るように、舟が動き始めた。正直、僕が漕ぐ必要もない速さでグングンと進む舟にちょっと驚いている。むしろ、飛ぶように進む舟から振り落とされないように、櫂ではなく舟の縁《へり》にしっかりと摑まった。

『ふー、ふー、つ、ついたわよ、ひゅー。あー、つかれた……。まりょく、ちょーだい』

二艘の舟から、少し離れた場所で海水の激しい動きを止めてもらった僕は、人差し指から放出する魔力をチロに吸わせて、レンが乗っているだろう舟の様子を窺う。

しかし、舟に乗っている男たちは、あの人魚族の生き残りの子を海に投げ込んでしまった！

「え！」

慌てて、舟の縁から身を乗り出してあの子が投げ入れられた海面を見る。

ボチャン！

「『え！』」

僕とチロ……二人で呆然としていると、水音が続く。

ボチャン！

ボチャン！

「白銀……紫紺？」

今、海に飛び込んだのはレンの守護をしている神獣と聖獣……だよね？

じゃあ、その前の水音は？

僕は考えるより先に舟の縁に足をかけ、勢いよく海へと飛び込んだ！


ボチャン！

『ひゅー！　あなた、およげないでしょー！』

全く状況が摑めないチロがパニックになる寸前、呑気な声が降ってきた。

『おーい、れんたち、どこいったか、しらないかー？』

ふよふよ。

『チル……』

『ん？　どうした？』

『いくわよ！』

むんずとチルの胸元を締上げて、チビ妖精二人も海へとダーイブ！

ブクブク。

ブクブク……。

【第三章】 海底宮殿

ブクブク……。

水の中、海の中、深く深く、ブクブク……。

あれ？　ちがうな？

なんか、ふよふよ……じゃない、ふわふわ……でもない、ううーん……。

「あ、ぽよんぽよん！」

パチッと目が覚めた。

あれ？

ぼく、海に落ちてブクブクと沈んでいったよね？　息が続かなくて、ガボッと体中の空気も吐き出しちゃって、苦しくて、あの子にも手が届かなくて、気を失ったはず……なんだけど？　上を見て、右見て、左見て、足元を見て……、うん、ここは海の中だね！

「でも……いき、できりゅ？」

コテンと首を傾げて考えてみる。

呼吸はできるし、喋れるし……、海の中なのに真っ直ぐ立つこともできる。

周りは、ぽよんぽよんとした何かに覆われているみたい。そっと、触ると弾力のある……、まるでしゃぼん玉のような……まぁるい球体の中にいる、ぼく。

「んゆ？」

「くくく、気がついたか？　小さき者よ」

「‼　だぁれ？」

どこからかとっても低くて渋い男の人の声が、聞こえた？

でも、どこにいるの？　このしゃぼん玉もどきの中には、ぼくしかいない……、あ、白銀と紫紺もいた！

「しろがね！　しこん！」

嬉しくて駆け寄って小さい二人を抱きしめるけど、二人はなんだか痛い？　難しい？　嫌いな物を食べたような苦しい顔をしているよ？

「レン、目が覚めたんだな。あー、早く帰ろうか……」

「そうね、早く帰りましょ。こんなところにいつまでもいられないわ」

「こんなところとは、ひどいのぅ。久しぶりなのに、つれないことだ……」

姿が見えない誰かが、ぼくたちに話しかけてくる。だけど、その声を聞く度に白銀と紫紺の顔がますます歪んでいくんだけど……。

「おじしゃん、だぁれ？」

「ん？　儂か？　儂はそこの二人と同じようなモンだ。小さき者たちのことを助けるよう、あの方から頼まれてな。しかし、昔馴染みに会えるとは嬉しいことよ」

「俺……会いたくなかった」

「アタシだって」

「仕方なかろう、お前たちじゃ、海の中で人の子を助けることができんのじゃから」

おじさん？　お爺さん？　の言葉に、白銀と紫紺がズウゥーンと落ち込む。

ご、ごめんね、ぼくが海に落ちちゃったから迷惑かけちゃったね……。

二人の背中を撫で撫でして、ぼくは正体不明のおじさんにお礼を言った。

「たすけてくれて、ありがとごじゃーましゅ」

ペコリと頭も下げる。

「うむうむ。無事のようで良かったのぅ。ほれ、そことそこに連れもいるぞ」

はて？　ぼくたちの連れとは？

あ、あの子かな？

暗い海の中を目を凝らして、よく見てみる。うーん、頭上を大きな魚が悠々と泳いでいるけど、あ、すぐ横にもう一つ大きなしゃぼん玉もどきがあった。その中には、縄で体を縛られたままぐったり横たわるあの子がいる。

「レン、あっち」

紫紺の鼻が指し示すほうを見れば、やっぱり別の大きなしゃぼん玉もどきがあってその中には誰かがいた。

「にいたま？」

片膝をついて慎重に周りを窺う兄様と、なぜかチルとチロが喧嘩《けんか》をしていた。

あれ？　なんで兄様がここにいるの？

ぼくは、ぽよんぽよんと弾むしゃぼん玉もどきの中を器用にとてとてと歩いて、兄様のいるしゃぼん玉もどきへと近づく。

「ん？　中を繋ぐか？」

おじさんがそう言うと、しゃぼん玉もどきがそれぞれくっついて大きなしゃぼん玉もどきになりました。

「にいたまー！」

とてとてと歩いて、ポスンと兄様の胸に飛び込む。

「レン！　心配したよー。よかった、無事だったんだね？　怪我してないね？」

「うん、だいじょーぶ。にいたま……なんで？」

なんで、海の中にいるの？　集落の子どもたちと遊んでいたんじゃないの？　どうして、チルとチロたち喧嘩している……まあ、一方的にチルがボコスカ殴られているんだけど。

「レンが舟に乗って海に行ったたって聞いて、追いかけてきたんだよ。海に落ちたときは心臓が止まるほど驚いたんだから」

あー、それで兄様はぼくを助けようと海に飛び込んだのかな？　自分も泳げないのに？

うー、迷惑かけてごめんなさい……。

「ごめんしゃーい、にいたま」

ぼくのへにょりと下がった眉と口を見て、兄様はポンとぼくの頭に手を置いて顔を顰めて窘めた。

「もう、危ないことしちゃダメだよ」

兄様も無茶をして海に入ったからぼくのことを言えないと思うけど、悪いのはぼくだから大人しく頷きました。

その後、兄様と一緒にあの子の縄をほどいてあげて、ぐったりとした体をしゃぼん玉もどきにもたれるように座らせてあげた。

「この子、人魚族の生き残りらしいけど泳げるのかな？」

「にいたま、しばられたら、むり」

そうだね、と苦笑する兄様。

さて、この海の中からどうやって父様たちのところに戻ろうか。

そして、チラッと白銀と紫紺を見る。二人は姿が見えない昔馴染みのおじさんと言い合いをしている？　っぽい。

兄様も二人と姿の見えない誰かが気になるみたい。

「白銀と紫紺は誰と話しているの？」

「うーん、むかしなじみ？」

「え、それって神獣様か聖獣様？」

そうだよね？　そうなるよね？　でも仲が悪いのはなんでだろう？

「んー、海に関係する神獣と聖獣といえば……。あ、人魚族の守護者で考えれば、あの聖獣様かな？」

「だぁれ？」

ぼくは兄様の服の袖を摑んで、グイグイと引っ張り答えを催促する。

「聖獣リヴァイアサン。太古から同じ海に住まう人魚族を守護する聖獣様だよ」

聖獣リヴァイアさん？　リヴァイアサンさん？

んー、どんな聖獣なんだろう？

ぼくは、新しい出会いに海深い地であることも忘れてワクワクしてきた。

「だーかーらー、もうアタシたちでなんとかするから、かーえーれー！」

「もう、会うこともないだろうな！　はいはい、じゃあな！　バイバイ、さ・よ・う・な・ら！」

「つれないのぅ。そんなに邪険にせんでもいいじゃろう。あの子はあの方が我らに保護を求めた異世界のあの子じゃろう？　少し話してみたいんじゃが……」

「はやく、帰れ！　ジジイ！」

「ブルーベル辺境伯領騎士団、団長ギルバート・ブルーベルの第一子、ヒューバート・ブルーベルです」

「レンでしゅ」

兄様の真似《まね》をして片膝をつき、片腕を曲げて胸に当て、ペコリと一礼。

「ふぉふぉ、儂は聖獣リヴァイアサン。神に創られ母なる海を守る者よ。不本意だったろうが、ようこそ海へ」

渋い声で歓待してくれたリヴァイアサンさんはとても大きな体なので、全体像を見ることができません。すっごく遠く離れたら見えるけど、そうしたらぼくたちを包む、しゃぼん玉もどきのコントロールに不安があるということで、しばらくは声と鱗だけです。

白銀と紫紺みたいに「縮小化」スキルは持ってないんだって。

それを聞いた白銀が口悪く馬鹿にしました。

「けっ。聖獣リヴァイアサンともあろうが、こんな簡単なスキルも身に付けていないなんてな！　怠慢なんじゃね？　海に漂いすぎてボケたか、ジジイ。けけけ」

ダメだよ！　白銀。人それぞれ得手不得手があるんだから、とぼくはお説教モードになります、プンプン。

「ふふふ。レン、いいのじゃよ。フェンリルの言うとおり、儂がのんびりしていたせいじゃ。海深くに棲《す》んでいるだけじゃしな、暇で暇で」

「もう！　しろがね、めっ！　だよ」

ぷくっと頬を膨らませるぼくを見て、くすくすと笑う兄様にいまいち雰囲気が和んでしまう。

「ところで、さっきからフェンリルのことを、白銀と……」

「あー！　あー！　そうだわ、リヴァイアサン！　この子、人魚族らしいけどどこの子かわかるかしらぁー？」

「そうだ、そうだ！　なんか人魚族が人の世で絶滅扱いにもなってたぞー！　なんでだろうなぁーっ！」

　リヴァイアサンさんが喋るのに被せて、急に二人が大声で喋り出した。

「う……うるしゃい」

　ぼくと兄様は耳を塞いで、しかめっ面です。

　白銀と紫紺は、そのとき、心中穏やかじゃなかったらしいとあとで聞きました。

（冗談じゃないわよ！　アタシたちがレンから名前をもらって契約したなんて、知られたら……）

（おいおい！　ジジイまでレンと契約するなんて騒がないよな？　だいだい、あの方に頼まれたときに、レンの保護を断ってんだろうが！）

（これ以上、レンの保護者を増やしてたまるかーっ！）

　リヴァイアサンさんもあっさりフェンリルやレオノワールの別の呼び名があることの疑問から、しゃぼん玉もどきの中で意識を失っている少女へと興味を移したみたいです。

「ふむ。確かに人魚族ではあるが……、血は薄いな？　海に入っても足がヒレに変化しないところを見ると両親のどちらかは他の種族かの」

「ヒレ？」

　何それ？　人魚族の足って変化するの？

「人魚族は成人すると、陸に上がるとき自然に二本足に変化して歩行可能になるんじゃよ。水や海に入るときはヒレに戻る。ただ、両親のどちらかが人魚族の場合は成人すれば、海に入ると足がヒレに変化するのじゃ」

おおぅ！　魔女のお婆さんから怪しい魔法薬をもらって人間の足に変化するんじゃないんだ……。

さすが、異世界ファンタジー……。

ただ、海中での生活経験がないと足の変化が起きにくいんだって。

「ふーむ、とりあえず近くに海王国という人魚王が治める国があるからそこへ行ってみよう。この子の血縁者がいるかもしれん」

「人魚族は僕たちの中では、もう誰も残っていないと伝えられています。なのに……王国があるんですか？」

「ああ、小さな騎士よ。人魚族は陸への覇権争いから手を引いただけで、今も変わらず海に君臨しているぞ。儂も守護しているしな。大きな国は海王国だが、海のあらゆるところに人魚族は住んでいる」

人魚族は王制で、海王国に王家の一族と主たる貴族がいて、他の集落は街とか村とか規模は違うけど、それぞれ信頼できる領主の人魚が治めているらしい。なんでバラバラに住んでいるかというと……。

「くだらない理由じゃが、好物の魚や貝の生息地の近くだったり、暖かい海流や冷たい海流、深さの度合い、あとは近くに住みやすい人の地があるとかじゃな」

人魚族の生活圏がバラけているのは、意外と普通な理由だった。

「人の住む陸にも、人魚たちは住んでいる。ただ、ほとんど人族と姿が変わらないから気がつかないいんじゃろう。人魚たちも、わざわざ自分たちの種族をひけらかすことはせんだろうしな。人魚の涙やら、血肉を食らうと不老不死になるとかの迷い言を信じる奴がいる限り。だが、よく見るとわかるぞ。あ奴らは耳殻《じかく》がないし、水かきがあるしな」

へえーっ、じゃあブルーパドルの街にも、人魚さんがいたのかも。ぼくは気がつかなかったなぁ。

「このまま、海王国に行ってみよう。案内するぞ。儂がいれば、すんなり海王国も入れるし」

「いってみたい！」

ワクワクする！　人魚だけの国なんて、どんなところなんだろう！

目をキラキラして兄様を見ると、兄様は少し「うーむ」と考える。

「父様たちも心配してると思うけど、この子を保護するにしても、両親のどちらかが人魚族ってハッキリしてるほうがいいし……僕も行ってみたい海王国……」

「ああ……、ヒューまでジジイの甘言に惑わされているわ……」

「くっそう、このままじゃ、ジジイの思惑どおりに……」

「なんじゃ、お前らは行かんのか？　別に儂は構わないが？」

「「行きます！」」

じゃあ、みんなで海王国までレッツゴー！

人魚王が治める海王国へ向けて、しゃぼん玉もどきで海の中を移動中です。クルンとリヴァイアサンさんのヒレ？　尾っぽ？　に巻かれて、高速で深海を泳いで移動してます。時々、大きな魚とすれ違うドキドキ海中ツアーを楽しんでるよ、兄様と一緒にね。

白銀と紫紺もお座りして、海の中を興味津々で見ています。

ただ、ぼくたちと離れてしゃぼん玉もどきの端の端に、目が覚めたあの子が膝を抱えて座っているんだ……。

ぼくたちが騒ぎすぎたのか、あのあとすぐに目が覚めたあの子は、ぼくたちを見て大パニック！

そ、そうだよね……、家の中におじさんたちが無遠慮に入ってきて自分を縄でぐるぐる巻きにして海に連れ出して、放り投げられてぶくぶく海に沈んだのに。気がついたら海の中、しゃぼん玉もどきに包まれて、知らない人たちと一緒に高速で移動してたら、びっくりするもんね……。

しかも、人に危害を加えられていたせいで人間不信気味の子が、逃げられない状態でぼくたちと同じ空間にいるのは恐怖だよねぇ。

アニマルセラピーになるかな？　と怯えるあの子に白銀と紫紺を紹介してみたけど、ダメだった。白銀まで気を遣って、キチンとお座りして「キューン」とかわいく鳴いたのに……。

「こないでぇーっ」と叫ばれた白銀、ちょっと落ち込んでしまった。

兄様がとっても優しい声で事情を説明したんだけどね。

「今から人魚たちがいるところに行くんだ。そこで君を知っている人がいるか探そうと思う。そのあとに地上に一緒に戻るから、付き合ってほしい」

……。無視されちゃった……。

でも、一人で放っておくこともできないし……と困っていたんだけど、どうやらあの子は水妖精であるチルとチロの姿が見えるっぽい。こっそり二人の姿を盗み見ているのを、ぼくは気づいてしまった！　なので、チルにお願いしてあの子に寄り添ってもらっています。

チロ？

チロもあの子の近くをふよふよ飛んでいるよ？　なんか、兄様に頼まれて嫌々だからか、超絶不機嫌な顔をしているけど。

「そろそろ、入り口が見えてきたぞ」

リヴァイアサンさんの言葉に、ぼくはしゃぼん玉もどきの中から暗い海の先を目を凝らしてみる。

どこまでも続く海の中、いつのまにか海底が見える深さまで下りてきていたみたい。その海底に大きな割れ目が……、雪山のクレバスみたいな地割れがある。

リヴァイアサンさんはその割れ目に大きな体を滑り込ませたのか、ぼくたちのしゃぼん玉もどきもその割れ目に吸い込まれてしまう。

「わあわあああああっ」

真っ暗……。

ゴボゴボと泡が上に上っていく……。

怖くて兄様に抱きついて、目をギュッと強く瞑る。

「大丈夫だよ、レン。ほら、見てごらん」

兄様の声に、勇気を出して目をそっと開けて……。

「うわあぁぁっ」

目に飛び込んでくる、眩しい光と色彩、鮮やかな建造物……て、岩？　サンゴ礁？　貝？

海王国って……すごくキレイなところだった！

海王国へ入国する際には、厳つい人魚兵士が守る門を通らないといけない。ぼくたちの目の前で、ガツーンと二人の屈強な兵士が掲げる銛《もり》が交差される。

「儂の客じゃ。通してくれ」

リヴァイアサンさんの声。

あれ？　どこにいるの？

いつのまにか、しゃぼん玉もどきの傍《そば》に一人の麗しい人魚が立っていた。

え？　誰？

深い緑色の髪をゆるく三つ編みにして左胸に垂らしている男の人。たおやかに見えながら、がっしりと鍛えられた体。瞳は海の色。穏やかで静かな海の青。

「これは、聖獣様！　失礼しました。どうぞ、お通りください」

サッと交差していた銛が引かれて、門を通るように促される。

「リヴァ……アイしゃん？　ん？　リバーイアサン？　んゅ？」

「レンには儂の名は難しいか。おじさんでもいいぞ」

こちらを見て、ふふふと優しく笑う聖獣リヴァイアサンさん。

ぼくの口では正しく呼べません……、ごめんなさい。

「……人魚化？　人化じゃなくて？」

「人化もできるが、ここでは人魚化するほうが便利じゃろ」

紫紺の疑問に、スイスイとその場で泳いで答える人魚姿のリヴァイアサンさん。

ぼくと兄様は、右見てうわぁと口を開け、左見てほうっと感嘆のため息。ここは、人魚族の一般国民が住まう町らしい。大きな崖のような岩にいくつもくり抜かれた穴は、人魚の住居でアパートみたいな感じ。大きな貝や岩づくりの建物もあるし、お店っぽい建物もある。

人魚のヒレは青系の色だけでなく、本当に多彩で、大人の人魚もいれば、子どもの人魚もいるし、普通に魚も泳いでる。

目に入るもの全部が珍しくて、ついついあちこちキョロキョロ見てしまう。兄様も同じ気持ちなのか、ぼくと同じようにキョロキョロしているよ。

「その子の親探しは、人魚王に頼むか」

「えっ⁉」

「なんじゃ？　早いほうがいいんじゃろう？　レンたちは陸に心配している親がいると言ってたし」

「そうですけど……、急に王様に謁見するなんて、しかもごくごく私事で？　よろしいのですか？」

リヴァイアサンさんは、ハハハと笑って「構わない」という。

そうだね……、人魚王様より聖獣様のほうが偉いんだと思う。だから人魚王様とも気軽に会えるし、頼み事もできるのかな？

そうして、ぼくたちは人魚王様が住まう海底宮殿へと向かうことにした。

え？　あの子はどうしたって？　うーん、相変わらず膝を抱えてうずくまっているよ……。

困ったなぁ。

あの子を知っている人魚さんがいてくれるといいんだけど……、だってあの子……自分の名前を知らないって言うんだよ？

困ったなぁ……。


わたしは、急に訪ねてきたレイラ様たちが「また、あとで」と、粗末なわたしの家から出ていったあとずっと隅で座っていた。

　レイラ様のおかげで水甕の水を入れ替えることができた、よかった。一緒に来ていたのが、いつものシスターじゃなくて大人の男の人と男の子でとっても怖かったけど、小さな不思議な生き物を見ることができた。

　今日はいい日かもしれないと気持ちが浮上しかけたのに、集落のおじさんたちに縄で縛られて無理やり舟に乗せられて、海へと放り投げられた。

「生贄」

　人魚族の生き残りだからと集落の人たち全員から無視されて、怒鳴られて、叩かれたりして、悲しいことばかりだったわたしの最期はこの集落のために生贄になること。

　嫌だ！　誰か助けて！

　そう、叫びたかったけど……、誰も助けてはくれない。

　もう、いい。

　母さんと同じところに行きたい。

　ブクブク。

　水の中、沈んでいくわたしの体。

　海面がキラキラと輝いているのが見える。

　手を伸ばすこともできない、わたしの体。

　全て諦めて静かに目を閉じる間際、小さな手が見えた。

助けようと伸ばされる、小さな手のひらが……。
パチッと目が覚める。
なんで？　ああ……誰かがうるさく騒いでいたからだ。
違う、違う……、なんでわたしは目を覚ましたの？
海に沈んで死んでしまったのではないの？
はっ！
もしかして、生贄として……クラーケンの巣穴にでも連れてこられたの？
でも……息ができるみたい。
吸ってー吐いてー、ほら、できる。
え？
何が起きているの？
体を起こそうと地面に手をつくと、ぽよんとした感触。
ぽよんっともたれている背中からも、弾む感触。
キョロキョロと周りを見回すと、海の中にいた。
深いのか、暗い海の中のしゃぼん玉みたいな透明な膜の中にわたしはいる。
その不思議空間の中にいるのは、わたしだけじゃなかった。
こちらを窺うように見ている……男の子。
あの子はレイラ様と一緒に小屋に来た男の子と……もっと幼い男の子。

あと……子犬と子猫？

男の子に促されて、小さな男の子がこちらに来る。

「……だいじょーぶ？」

コテンと首を傾げて、わたしを心配してくれる。

かわいい……。

わたしは、小さく頷いてみせた。

途端にほっとした顔で笑う。

「ぼくね、レンでしゅ。こっちはしろがね。こっちはしこん」

レンと言った男の子の両隣にしろがねと呼ばれた子犬と、しこんと呼ばれた子猫が、行儀よくお座りして「ワン」「ニャー」とわたしに挨拶？　する。

でも、わたしは知っている。

この愛らしく見える小動物は、さっきまで……喋っていたのだ！

ひぃーっ、怖い。

子犬や子猫が喋るはずがない！　こんなに愛らしくてもただの子犬と子猫じゃないんだわっ。

たぶん、この子たちは魔獣の子どもだ。

わたしは、自分の貧相な体をぽよんぽよんの膜へとさらに寄せて、小さく体を縮めた。

とことこと、しろがねと呼ばれた子犬に擬態した魔獣が近寄ってきて「キューン」と鳴いてみせる。

ひぃーっ、怖い、怖ぃ！

「こ、こないでぇーっ」

わたしは、自分の体を守るように抱きしめて叫んだ。

ビクッとその魔獣は近づくのをやめて、すごすごとレンという子の元へ戻っていく。

ほーっ、よかった……、かじられるかと思った。

チラチラとこちらを気にしながらレンという子は、もう一人の男の子のところへ。

舌ったらずに「にいたま」と呼んでいるのが、かわいい。

あの子と兄弟なのか……。

二人と小さい魔獣たちを気にしながら膝を抱えて座っていると、ふよふよとこちらに飛んでくるなにか？

『れんが、たのむから、いっしょに、いてやるー』

『ひゅーと、いっしょに、いたかったのに』

……小さくて不思議な生き物が、再びわたしの目の前に！　しかもこの子たちも喋っている！

い、いったい、わたしに何が起きているの？　どうなっているの？

目を白黒させていると、あの子の兄がわたしに話しかけてきた。

「今から人魚たちがいるところに行くんだ。そこで君を知っている人がいるか探そうと思う。そのあとに地上に一緒に戻るから、付き合ってほしい」

……人魚？

え？

人魚族って滅んだって……、だからわたしが唯一の生き残りで……、集落の人たちは人魚の守護者からの報復を恐れていて、わたしを海に帰そうとしていて……、あれ？

わたしを知っている人がいるの？

人魚族の中に？

わたしは本当に人魚族の血を引いているの？

母さんは人族だったわ。

じゃあ、顔も知らない父さん？

それより……この子たち、人魚王のいる海王国に行くって話をしているんだけど？　嘘でしょ？　わたし……人魚王様に会うの？

へ？　このしゃぼん玉もどきを作って動かしているのは、聖獣様？

人魚族の守護者、聖獣リヴァイアサン？

……。

わたしは、もう一度軽く気を失ってしまったようだ……。

そして、気がつくと……、いや、意識はあったけど……夢みたいで、なんか……ふわふわしてた。

聖獣様が人魚に変身してたり、本当に人魚たちが生きていたこととか、海王国があったこととか、とにかく、信じられないことばかりで……。

今、目の前に人魚王様がデーンと座っているのも……信じられないの……。


人魚王様にお会いするとは言っていましたが……まさか海底宮殿のメイン、謁見の間と思われる大広間でお会いすることになるとは思いませんでした。

ここまで、誰にも止められることなくスルスルと宮殿の奥へと進めたのは、もちろん聖獣リヴァイアサンさんが先導してたから。人族のぼくや兄様は、人魚さんたちには物珍しそうにジロジロと見られていたけどね。

海底宮殿《ここ》まで、ずっとしゃぼん玉もどきの中にいたわけじゃなくて、途中から歩いてきたんだよ。海王国に入ってしばらくは海の中だったんだけど、実は陸もあったのだ。どうやら、海水の中で生活する人魚さんと陸の上で生活する人魚さんと、好みに添って生活できるようになっているらしい。

でも、ここって海底の海底、いわゆる海溝の底だよね？　なんで、水のない陸と空気があるんだろう……。

そんな不思議な国、海王国はお魚のヒレのままでも陸上の移動がたやすいように、あちこち川が流れているんだ。前世の外国ヴェニスの街みたいに。

宮殿は大きな川に丸く囲まれていて、大きな橋を渡って中に入った。人魚の兵士さんがいっぱいいたけど、みんな聖獣リヴァイアサンさんに気がつくと膝をついて騎士の礼をして通してくれた。

宮殿の中も不思議がいっぱい。

基本は水のない廊下やお部屋なんだけど、両側に人魚さんが泳げる幅の川が宮殿の中の至るところで流れていて、天井のもっともっと上の上から滝のように水が流れ落ちている壁がずっーと続いてるの。宮殿を遠くから見ると大きな噴水みたいなんだよ。

そして、今、ぼくらは広間の中央に立ったまま玉座に座る人魚王様と接見しているのです。

「久しいな、王よ」

「聖獣リヴァイアサン様、ようこそお越しくださいました。もっと頻繁に顔を見せていただきたいのですが、今回の来訪も急ですね？」

人魚王様は、にっこり笑って玉座から立ち上がりゆっくりとした歩調でこちらへ移動してくる。

「ふむ。ちょっと頼みたいことがあるのだ」

「私にですか？　……それと一緒におられるのは……人族の子ども？」

聖獣リヴァイアサンさんは、サッと体をズラしてあの子の肩を抱いて、王様の前にズズイっと押し出した。

「この小さき人魚の血縁を探している」

リヴァイアサンさんは用件をズビシッと王様に突きつける。

ぼく、びっくり！　え？　説明ナシでいきなり、それ？

兄様も、えっ！　て顔しているし、当の本人はここまで驚きの連続でどこかぼーっと呆《ほう》けているようだし。王様も目を大きく見開いて驚いていたけど、ふむふむとあの子の髪や顔を真剣に見定めている。

「両親のどちらかが人魚族ですな。思いついた者がおりますので、別の部屋にてお待ちください。その者を呼びましょう」

「おお！　やっぱり王に頼むのが早いな！　よろしく頼むぞ」

「ははっ」

王様は、広間にいた他の偉そうな人魚さんたちにテキパキ指示を出し、ぼくたちは何がなんだかわからないうちに人魚のメイドさんに誘導されて謁見の間を離れ、別の部屋へと移動した。


「しろがね、あーん」

パクッと白銀が、ぼくがポーンと投げたお菓子を空中でキャッチ！　もぐもぐと咀嚼《そしゃく》する。

「しこん、あーん」

同じく紫紺にもポーンとお菓子を投げる。紫紺は白銀と違って、タン、タタンとテーブル、ソファーの肘置きと飛んで、お口でキャッチ！

もぐもぐ。

「おいしい？」

「「うん」」

ぼくは自分のお口にもポンと放り込んで、もう一つを手に持つ。

「にいたまも、あーん」

兄様のお口までお菓子を運ぶ。

「あーん。ん！　美味しいよ、ありがとう」

兄様がぼくの頭を撫で撫で。

人魚王様とお会いしたあと、人魚メイドさんに案内されて豪華な調度品に彩られた立派なお部屋に通された。座って待つように言われたあと、瞬く間にお茶とお菓子と軽食を出されて、すっかり寛《くつろ》いでいます。

このお部屋も壁にはお水が滝のように上から下に流れていて、部屋の隅には噴水があってお水がパシャパシャと溢《あふ》れています。

「仲がいいな、お前たちは」

聖獣リヴァイアサンさんが微笑ましげにぼくたちを見て、お茶をひと口飲み満足そうに頷く。

白銀と紫紺が、ふふーんと小さな胸を反らしているのがかわいい。

ぼくは、ちらっとあの子を見る。一人掛けのソファーに体を小さくして座って、じっと自分の膝を見つめて動かないし一言も喋らない。

うーん、どうしよう……。

ここまでお守りをしてくれていたチルとチロは、お皿に小さくしてあげたお菓子に夢中だし……。でもな……ぼくが話しかけても答えてくれないんだよね。

兄様に目で訴えてみても首を左右に振られて、お手上げ状態なのがわかる。

そこへ、コンコンとノックの音が響いた。

「待たせたな」

部屋の扉が左右に開かれ、入ってきたのは人魚王様と綺麗な人魚さんと……あの子と同じエメラルドグリーンの髪を後ろに撫でつけた壮年の人魚さんだった。

部屋に入ってきた人魚王様らしき人が、ゆったりと目の前のソファーに座ります。

人魚王様はさっきも今も人型の姿です。だから、鱗の色はわからないんだけど、髪の色は明るいアクアマリンで瞳の色はターコイズブルー、海の色ですね。

王様って聞くと立派なお髭を生やしたお爺さんのイメージだけど、人魚王様はまだ若いみたい。んー、お祖父様より少し若いかな？

その王様の隣におしとやかに座った綺麗な人魚さんは、王妃様なんだって！

王妃様は、長い波打つロイヤルブルー色の髪を結いあげてミントブルー色の瞳を優しげに煌めかせていた。

わあーっ、二人揃うと有名な画家さんが描いた絵画みたいだーっ。

うっとりしていたぼくは、兄様に促されて部屋の隅に移動しようとして……捕まった。

ここからはあの子の血縁者探しの話なので、ぼくと兄様と白銀と紫紺は部外者になるから、お話が終わるまで大人しく部屋の隅で時間を潰していようね、と思ったんだけど……。

一人掛けのソファーから、人魚王様たちと対面のソファーに座り直したあの子の手がぼくの服の裾をしっかり摑んでいる。

「にいたま……」

兄様もぼくの服とあの子の顔を何度も見比べて、小さく息を吐いた。

「レン、抱っこ」

ひょいとぼくを抱き上げて、あの子の隣に兄様がストンと座る。反対隣には聖獣リヴァイアサンさんが座っている。白銀と紫紺は兄様の足元に、狛犬《こまいぬ》のように陣取った。チルとチロは、ずっとお菓子を食べてるよ……いいな、気楽で。

人魚王様たちはさっきは気づかなかったけど、今はチルとチロの存在に気づいてこしょこしょと内緒話をしている。

「なんで、海王国《ここ》に水妖精が？」

「大丈夫なのかしら、あの子たちに海王国は厳しいのでは？」

人魚王様夫婦が、じぃっと物問いたげな視線を聖獣リヴァイアサンさんに送っている。

「ん？　なんじゃ？」

「そのう、その子らはまだ妖精だと思うのですが……このような海底近くにいて大丈夫なのでしょうか？」

その子らと指差されたチルとチロを見て、聖獣様は笑います。

「ははは。大丈夫じゃ。この妖精たちは契約妖精じゃから本来は精霊でなくては耐えられない海王国でも、なんの障害もなく過ごせるのよ」

「契約妖精……、まさか、聖獣様が連れてこられたこの子と契約を？」

人魚王様があの子を見て話すけど、聖獣様はぼくと兄様を差して「この者たちだ」と教えてあげた。

「んゆ？」

なんか、人魚王様たちがすごく驚いているけど、なんでしょうか？

「本当は、僕たちじゃ妖精と契約はできないんだよ。人魚王様は人魚族の子どもだったら水妖精と契約できるかもって思ったから、僕たちと、チルとチロが契約しているのに驚いたんだ」

兄様が王様たちのびっくりの理由を詳しく教えてくれた。

そういえば、水の精霊王様もそんなことを言っていたような……。

「王よ……、妖精たちのことはあとにしてください。今はこの子が私の息子の子なのかどうかが……」

壮年の人魚さんが言った。

「おお、そうだった。すまんな。聖獣様、この子の血縁者と思えるのは、こやつ、海王国のベリーズ侯爵です。その子の髪はエメラルドグリーン。人魚族の中でもその色を身に纏《まと》うものは、ベリーズ侯爵家の者のみ。聞けば、ベリーズ侯爵の息子が陸に上がったままで、長いこと海に戻ってきていないらしいのです」

「その息子が、この小さき人魚の父親だというのか？」

ぼくは人魚王様が血縁者の証《あかし》とした髪の色を見比べてみた。ベリーズ侯爵様の髪は年のせいか、ちょっと白いものも交じっているけど深くて美しい海の色、エメラルドグリーンだ。そしてあの集落で、人魚族の生き残りとして虐《いじ》められていたこの子の髪も、太陽の光にキラキラ輝く海の色、エメラルドグリーン。濃淡の違いはあれど、同じ色に見える。

「にいたま。おんなじ」

ぼくは、そのことが嬉しくてにへらっと笑って兄様に告げると、兄様もぼくの頭を撫でながら同意してくれた。

「そうだね。お二人とも同じ髪の色だね」

クンッとぼくの体が横に引っ張られる。

「んゆ？」

あの子が、ぼくの服の裾をさらにぎゅっと強く摑んでいた。

信じられない……。

王宮でいつものように仕事をしていた。ベリーズ侯爵としての仕事と、宰相としての仕事と、いつもながら休む暇もないほどに私は忙しい。

人魚王とは、幼い頃からの友人関係でもあるが、もう少し真面目に仕事するように今度締め上げておこう。ついでに、人員も補充してもらわんと、私が過労死してしまう。

そこへ、人魚王本人からの呼び出しがかかる。

あいつは……、私に恨みでもあるのか！

イライラしながら呼ばれた王の執務室に赴くと、満面笑顔の奴が頭のおかしいことを言い出した！

「コリン！　見つけたぞ！　ブランドンに繋がる者が現れた！」

ガックンガックンと私の両肩を摑み、前後に激しく揺さぶる王……、ちょっと痛いんだが……。

私は幼馴染に許された不敬で、ペイッと王の両腕を払い除ける。

「何を言い出したかと思えば、ブランドンについては私のほうでも探しているが、ここ一〇年、まったく消息が摑めないんだぞ？　いったい何を見つけたと言うんだ？」

摑まれた肩をサッと手で払いながら、執務室に置かれたソファーに勝手に座る。王も慌てて、向かいのソファーに座り、子どものように目を輝かして言った。

「娘だ！　母親は人族だと思う。聖獣様がその子の血縁者を探しに先ほど宮殿に訪ねてこられた！」

「はあ？　娘？　ブランドンとなんの関係があるんだ？　聖獣様がブランドンの子だとで

も言ったのか？」

「違う！　違う！　ベリーズ侯爵家の色を持っている！　その娘の髪はお前とブランドンと同じエメラルドグリーンだった！」

ベリーズ侯爵家の色はエメラルドグリーン。我がベリーズ家の直系の者は必ずエメラルドグリーンの色を持っている。

人魚王一族と古参の貴族の家は、それぞれの家を示す色を持っている。それは、髪の色だったり目の色だったり鱗の色だったり。我らベリーズ侯爵家の色は、髪の色に現れやすい。私もそうだし、息子のブランドンも髪の色がエメラルドグリーンだ。

「その娘は……今どこに？」

「案内しよう。聖獣様と一緒に別室にいる」

夢の中にいるようなふわふわした気持ちで、奴と一緒に途中合流したやっぱり私とも幼馴染の王妃と共に、その娘がいる部屋へと向かう。

扉を開けて、中に人化した聖獣様の姿と人族の男の子たち、なぜか子犬と子猫がいるのが見えた。

そして、椅子に小さく身を丸めて座る女の子……、その髪の色はエメラルドグリーン。

信じられない……。

「ベリーズ侯爵コリンの息子、ブランドンは変わり者でなー。人魚たちが陸に残した遺跡収集が好きで、一〇年くらい前に陸に上がったまま連絡がつかず、いわゆる消息不明なのだ……」

　ベリーズ侯爵様は人魚王様の話も聞かず、ずっとあの子を見ている。でも女の子は顔を俯《うつむ》けたまま、誰の顔も見ようとしない。ぎゅっと体を縮めたままだ。

「死んでいないのは本人に持たせた魔道具でわかるのだが、手紙ひとつ届かないので心配していたのだ。なあ、コリン！　最後の手紙には人族の女性と結婚したいと書かれていたよな？」

「えっ？　あぁ？　ああ……、そうだな。遺跡発掘の冒険者パーティーを組んで活動していたようだが、ある遺跡の町の娘に惚《ほ》れて結婚したいと手紙に綴《つづ》ってきた。許すも許さないも伝える前に行方《ゆくえ》がわからなくなった。同じパーティーのメンバーに尋ねても行方はわからないと言うし……」

　そう話している間も、ずうーっとベリーズ侯爵様はあの子を見ています。

　ちょっと怖いぐらいに凝視していて、ぼくもなんだか緊張してきちゃう。思わず兄様のシャツをぎゅっと握ってしまった。

「他には何も書いてなかったのか？」

「……子どもができたから結婚する、と。その女性の名前は……、ナタリア」

　バッと俯けた顔を上げたあの子の目は、驚きで真ん丸に見開かれていた。

ナタリア……。

確かにこの人は、「ナタリア」とお母さんの名前を言った……。

なんだかわからないうちに海に放り込まれて、助けられて、人魚の国に連れてこられて、王様にお会いして……、わたしの血縁者がいると部屋で待たされて……。

そして王様と一緒に現れた、わたしと同じ髪の色を持つ男の人がお母さんの名前を知っていた。

本当に？　顔も知らないお父さんのお父さんなの？

わたしのお父さんは、どこかで生きているの？

わたしは……人魚族なの？

はらはらと涙だけが溢れて、わたしの頰を濡らしていく。

「ないちゃ、めー」

ペタペタと小さな手がわたしの頰を不器用に拭った。

「え？」

「ないちゃ、めー。めー」

知らない人たちに囲まれて怖い話をされると思って、無意識に小さな子の服の裾を握ってしまった、わたし。

その男の子は不思議そうな顔をして自分の服を摑むわたしの手を見て、隣にいるお兄さんに助けを求めていた。

離さなきゃ……と思っても、怖くて怖くてさらに力を込めてぎゅっと掴む。その子のお兄さんは、男の子を膝に抱っこしてわたしの隣に座ってくれている。ほっとしたけど、反対隣には聖獣様が人化した姿で座っているので緊張は解けない。

　いま、わたしがその場に引き留めた子どもは、お兄さんの膝に立ってわたしの涙を小さな手で拭いてくれる。そのかわいい姿に、ちょっとだけ勇気をもらえた。

「ナ……、ナタリアは……母の名前で、す」

　怖いけど、真正面に座るエメラルドグリーンの髪の男の人に告げる。

「では……君がブランドンの……」

　わたしは、その「ブランドンさん」の記憶がないから肯定できずに首だけ傾げてみせた。

「コリン。血族の水晶はどうした？」

　王様が問いかけたとき、部屋の扉がバアーンッとけたたましい音を立てて開いた！

「貴方！　ブランドンの子どもはどこ？」

「父上！　水晶持ってきましたよー」

　青い髪を高く結い上げて細身のドレスを着た女の人と、エメラルドグリーンの髪を後ろの高い位置でひとつに括《くく》った男の人が、ものすごい勢いで部屋に入ってきた。

「はーっ、落ち着きなさい。これから調べるが、この髪色だし母親の名前がブランドンが結婚したいと伝えてきた女性の名前と一致した。まあ、間違いないだろう」

　お父さんのお父さんかもしれない人は、部屋に入ってきた若い男の人から緑色っぽい小振りな水晶玉を受け取ると、無言でズイッとわたしのほうへ差し出してきた。

「持ってみなさい」

促されて恐る恐る水晶玉を両手で受け取る。

小さな男の子と一緒に水晶玉を見つめると、中に白い煙みたいなモクモクが湧いてきてグルグルと渦を巻いたかと思うと、パァーッと光って……何かを映し出す。

「お母さん……？」

水晶玉の中に映っていたのはお母さんと……お母さんに抱かれた赤ん坊……、その二人を優しく微笑んで抱きしめている男の人。

男の人はわたしと同じエメラルドグリーンの髪をしていて、顔立ちは目の前に座る男の人にどこか似ていた。

「……ブランドン！」

あとから部屋に入ってきた女の人が口を両手で押さえて、涙を流す。

「……この女の人は君の母親だね？」

「はい……。でも、男の人は知りません」

傷つけるかもしれないけど、本当にわたしはこの男の人を知らない。

わたしが物心ついたときには、お父さんはいなかったから……。

あの子が両手で捧げ持っているのは「血族の水晶」という魔道具で、持った人の血族……

両親とか子どもとかが映し出されるんだって。

王族や高位貴族の家では重宝される魔道具らしいけど、そんな魔道具がなくても家族ってわかると思うんだけどな……。

「レンにはまだわからないかもしれないけどなー、血筋を重んじる家にはいろいろあってだなー……イテ！　イテテテ！　や、やめろ、紫紺！」

「アンタは、また余計なことをレンに教えようとして！　コンニャロ！　ちょっとは、反省、しなさーい！」

白銀と紫紺が、また喧嘩を始めちゃった。といっても、紫紺が一方的に白銀をボコボコにするんだけど……。

あの子がお父さんを知らないって言ったら、部屋の空気がピキーンと固まってしまったみたい。そんなに変かな？　ぼくも前世のお父さんが誰かだか知らないし、会ったこともないよ？

兄様に前世云々《うんぬん》を伏せてそう言ったら、すごく複雑そうな顔をされてしまった……、うー、兄様ごめんなさい。

「よろしいですか？　その子のことなんですけど……」

はい！　と片手を上げて、兄様が発言の許可を人魚王様たちに求める。

人魚王様がゆったりと頷く。

「……僕たちはブリリアント王国のブルーベル辺境伯領の者です。彼女を保護しようとした女性は僕の叔母上で辺境伯夫人です。ちなみに僕は辺境伯騎士団の団長の息子ヒューバートです」

ペコリと兄様が挨拶をするので、ぼくも「レンでしゅ」と名前を言って頭を下げた。

兄様は挨拶を終えるとレイラ様に聞いていたあの子の事情を話し始めた。

母子二人で海から流れ着いて流民の集落に身を寄せていたことや、母親が亡くなったあと、人魚族の生き残りとして集落の住民から迫害を受けていたこと。なんか、あの子が虐められていたことをやたら詳細に語る兄様の表情も怖いけど、その話を聞いているコリンさんたちベリーズ侯爵家一同のすごみのある表情も怖い。

とうとう、海に現れたクラーケンの生贄にするために、簀巻きにされて海に放り込まれたところまで、兄様はきっちりと話し終えてしまった。

「ふむ……ブルーベル辺境伯領ということは……ブルーパドルの街も領地かな？」

話を聞いた人魚王様は顎に手を当てて考えているようだ。

「はい。僕たちは祖父が守るブルーパドルの街から彼女がいた集落へ来ました」

「コリンよ。あの街は陸で暮らす人魚たちの評判もいい。成人まで預けるにはいい選択ではないかね？」

「そうですな……。王が私を宰相の地位から外してくだされば、一家全員で陸に移り住んでもいいんですが……」

「それだけは……許してくれ」

なんか、人魚王様とコリンさんの間で冷たい戦いが始まっているよ？　しかもコリンさんが圧勝しているよ？

その間、聖獣リヴァイアサンさんから人魚族の事情を説明してもらいました。

両親のどちらかが人魚族の場合は、人魚とは反対に成人したら海の中で生活ができる体に変化する。そのため、その人たちが人魚族の国や街で暮らすには成人後が適している。海王国には陸もあるけど、たまに陸上が海水で満たされてしまうこともあるから、成人前には生活が困難になることもあるんだって。

人魚王様とコリンさんは、あの子が成人するまで預ける場所として、ぼくたちの住む領地は良いところだって褒めてくれたんだ！

嬉しいね！

でもコリンさんたちは孫？　と一緒に暮らしたいから、王国で偉い仕事をしているのを辞めさせてほしいって、王様に頼んで断られたんだって。王様は仕事をサボりがちで、コリンさんがいないとこの王国は困ってしまうらしい……。

「あの……、君は本当に弟……ブランドンのことを知らないの？　その集落に辿り着くまではどこにいたの？」

エメラルドグリーンの髪をポニーテールにしたお兄さんが、あの子に話しかけてきた。

「……わからないの……。お母さんはわたしを外に出すときは必ずローブを被せて姿を見せないようにしていたし、わたしにもあまり外に出ないように言っていたから……」

どうやら、物心がついたときには母親と二人暮らしで、お父さんはいなかったらしい。お母さんのナタリアさんは、娘を外に出すこと……というより、他の人の目に触れることを嫌って、隠れるように暮らしていたみたい。

しかも……。

「お母さんは何かに怯えていて……住む場所もすぐに変えてしまうの。誰かに追われてる？　みたいに……。だからあの日も……」

客船に乗って海を移動していた夜。

ナタリアさんに寝ているところを無理やり起こされて、客船に積んである救命ボートに乗り移り逃げ出した。ナタリアさんはそのとき、「奴らに見つかった」と言っていたらしい。でも夜の海に漕ぎなれないボートでは渡り切れるわけもなく、呆気なく高波に飲まれて転覆し、流れ着いたのがあの集落だった。

「追われている……ブランドンが手紙も出さず、海にも戻ってこないのと、何か関係があるのか……」

「ブランドンが追われているのか？　人魚が追われているのか……微妙なところだな」

人魚さんたちが全員、難しい顔で考え込んじゃった。

うーん、とりあえずぼく……知りたいことがあるんだけど……いいかな？

「ねぇ、おなまえは、なんていうの？」

名前がないって言ってたけど……やっぱり名前がないと不便だよーっ。

「名前？」

人魚族の皆さんが不思議そうな顔をして、ぼくを見る。

だって、レイラ様にこの子の名前を尋ねたら、「ないみたいなの……」て沈痛な表情で言うし、本人はなんだか兄様が怖いみたいで、ずーっと離れたところで膝を抱えて座っていたから、集落にいたときにお名前のこと確認できなかったんだ。

「あ……、ないの……わたし。お母さんがわたしの名前はお父さんが付けてくれるからって……。お父さんが戻ってくるまでお預けって言われて……」

あの子は、眉をへにょりと八の字に下げてしまう。

「それは……難儀なことだな。小さき人魚よ、お前の父は生きているらしいが、いつ戻るかはわからん。それまで、名なしでいるのか？」

聖獣リヴァイアサンさんの問いに、彼女は答えられない。

そうだよねー、自分で名前付けるわけにいかないし……。

お部屋の中の人が、みんなうーんって困っていると、ポニーテールのお兄さんが「あっ！」と声を上げた。

「そうだ、そうだ！　昔ブランドンが子どもに付けたい名前を教えてくれたことがあったよ。その名前を仮の名前として名乗って、あいつが戻ってきたら改めて名付けしてもらえばいいよ！」

「それは、いいわね！　あの子がいつ戻るかわからないもの。そうしましょ。で、どんな名前？」

「えっと……、女の子だったら……。あ、そうそう、プリシラ！　プリシラだよっ」

「そうか……。プリシラ・ベリーズ……君はブランドンの娘のプリシラ・ベリーズ。私たちの家族だよ」

「プ……プリシラ……」

プリシラと名前をもらったあの子は、嬉しさからか頬をバラ色に染めて真っ直ぐな視線でベリーズ侯爵様たちを見つめる。

ぼくは、クルッと兄様の膝の上で反転して、兄様の体にぎゅっと抱きついた。

「ふふふ」

「どうしたの？　レン」

兄様がぎゅっと抱きしめて、ぼくの頭を撫でてくれる。

ぼく、嬉しいの。

前世のぼくみたいに、体を縮めてじっと我慢してばかりだったあの子、プリシラに家族ができたことが、嬉しいの。

ぼくがこの世界に来て、白銀と紫紺に出会えて、兄様たち家族に迎えられて……嬉しかったのと同じように。

ただ、嬉しかったんだ！

少しベリーズ侯爵家の皆様に慣れてきたプリシラさんだけど、まだ大人の男の人には無意識に怯えてしまうので、お祖母様であるベリーズ侯爵夫人と王妃様に挟まれて座り、ベリーズ侯爵様とポニーテールの男の人は対面に座ったまま、ぎこちないながらも少しずつ会話をしている。

もう少ししたら、ぼくたちは陸に戻らないといけないから、暫《しば》しの家族団欒《だんらん》ですね。

そして、こっちはこっちで問題です。

「先に、集落で待っている父様たちに連絡したいんだけど、どうしよう？」

「うーん。戻るのは儂がまた防御膜《シールド》を張って連れていってやるが……、連絡係となると、少々魔力を使うなぁ」

兄様と聖獣リヴァイアサンさんが難しい話をしていました。

ぼくと兄様と今はプリシラと名付けられたあの子は、「生贄」という物騒なワードで海に消えてしまったから、父様たちはものすごく心配しているだろう、と。

そうだね、ぼく……また怒られちゃうのかな？　父様に心配かけるつもりはなかったんだけど……。

とりあえず、ぼくたちが無事なことと、プリシラのこと、聖獣リヴァイアサンさんのことを父様に連絡しておかないと、いきなり海から聖獣リヴァイアサンさんが現れたら、クラーケンの騒ぎどころじゃないと兄様は焦っている。

「いいじゃねえかー。リヴァイアサンは俺たちを陸まで馬のように引っ張って、海から出ることなく、帰れば」

白銀……その言い方はヒドイよ？

ぼくは、目を吊《つ》り上げて白銀を「めっ」と叱る。

「そういうわけにはいかないよ。それにあの集落の罰として、聖獣様には協力してほしいこともあるしね」

兄様はさっきから、人魚王様に用意してもらった紙とペンで父様宛てにお手紙を書いている。きっとその手紙には、父様に伝えなきゃいけないことと、その罰についても書いてあるんだろうな……。

いい笑顔の兄様がちょっと怖い……。

「フェンリルとレオノワールのどちらかが、妖精を連れて陸に戻るのが一番いい方法だな」

「「なんで？」」

「儂の防御膜《シールド》に絶えず魔力を流すのに、フェンリルとレオノワールくらいの強さでないと、防御膜が持たんのだ。お前たちでは魔力の属性が合わんので、水妖精を介して魔力を流せば、陸に辿り着くまでは持つだろう」

うん、途中で防御膜が破けちゃったら大変だもんね。

そういうことならチルとチロも協力してくれるはず。

『『やだ』』

えーっ!!　なんで？

『だって、ひゅーと、はなれちゃうもん。そんなの、やだ』

チロの兄様愛が留まることを知らない。

『つまんなさそー』

はい、チルで決定！　そんな理由は認めません！

ぶーぶー文句言ってたけど、「おやつあげないよ?」と言ったら、渋々頷いてくれました。

あとは、白銀と紫紺のどっちかなんだけど……。

「前回は俺が留守番だったろー！　今度はお前の番だーっ！」

「何言ってんのよーっ！　能力が高いほうがレンと一緒にいるって決まってんの！　アンタに何ができるっていうのー！」

相変わらずボコボコにされています、白銀が。

「どっちでもいいが、こっちに残るならクラーケンの退治もするぞ。あいつら、ヌメヌメしていて生臭いからな、覚悟しておけよ」

しーん。

今度は、どっちが残るかで揉め出しちゃった……。

もう、早くしてよっ！

ぼくは、リヴァイアサンさんにどっちがクラーケンとの相性がいいか聞いたら、「うーむ、フェンリルの爪が有効かな?」とのこと。

はいはい、じゃあ白銀とチロはこっちで一緒、紫紺とチルが先に父様たちのところに戻って事情を説明してね！

「もう、行かれますか？　聖獣様」

「ああ、騒がしくてすまなんだな、王よ。人魚の子は儂が陸まで連れていくから安心いたせ。しかし、儂がこっちにいたせいか、海の奥にいたクラーケンが少々暴れている。ついでに退治していくが、揺れるかもしれん。防御膜をしっかり張っておけ」

「はっ」

あ、あのしゃぼん玉もどきの防御膜って海王国全体にも張ってあるんだ。だから、海の中なのにぼくたち息ができるんだね。

謎がひとつ解決しました！


海王国と外海を繋ぐ門まで、人魚王様と王妃様、ベリーズ侯爵家の皆さんに見送られて、またまたしゃぼん玉もどきの中に入って海の中へと進んでいきます。

聖獣リヴァイアサンさんは本来の姿に戻り、海の底から上へ上へと上っていく。

ポコッと海の割れ目、海溝から脱出すると、しゃぼん玉もどきは二つに分かれる。紫紺とチルは不満そうな顔でぼくを見ているけど、ぼくは笑顔で手を振っておいた。

遠ざかる紫紺たちを見送ると、ぼくたちはクラーケン退治だ！

「んゆ？　にいたま？　プリシラ？」

二人が座り込んで動かないよ？　寝ちゃったの？

「しろがね？」

えーっ！　白銀までヘソ天で寝ちゃってるぅ？

「どうちたの？」

「心配するな……儂が少し眠らせたのだ」

「リヴァーシャン……リバアイサン？」

「ふふ。邪魔されずにレンと話したかったのだ。許せ」

その言葉とともに、しゃぼん玉もどきの防御膜の中にリヴァイアサンさんが人化して現れた。

ぼくとお話って……なんだろう？

聖獣リヴァイアサンさんは、ぼくの前で両膝をついて視線を合わせ、ゆっくりとその頭を下げていく。

「すまん、レン。儂はあの方からお主の保護を頼まれたとき、断ってしまった。儂の守護する人魚族やあの方に任された守護地が海のため、人の子であるレンを傍で守ることが難儀だったのだ」

「んゆ？」

それは、白銀と紫紺がぼくを保護しているけど、そもそもは聖獣リヴァイアサンさんがシエル様の頼みを断ったからってこと？

「そうだ。あの方は儂が断るとは思わなかったと思う。儂への信頼は厚いはずだ。神獣聖獣の中でも、あの方に任された守護地をいまだ守っているのは儂ともう一人しかおらん」

とりあえず、話しにくいから頭は上げてください。

でも人化したリヴァイアサンさんは背が高いから、座ってぼくとお話しましょう。

「できれば、レンのことも引き受けたかった。レンが前の世界でどのように過ごしてきたのか、あの方から話を聞いたからには……。しかし、あの方がレンの体を人族として再生したというから……。人魚族に変えてくれって頼んでも、融通きかんし……」

「ぼく……にんぎょ？」

おおーっ！　リヴァイアサンさんがぼくの保護者になってたら、ぼくってば人魚さんだったんだ。

「うんっと、ぼく、いましあわせ。にいたま、とうたま、かあたま。アリスター、セバス、マーサ、あとあと、しろがねとしこん！　みんないっしょ！」

指折りながら、一人ずつ名前を挙げて、こんなにぼくに優しくしてくれる大切な人が増えたんだよ！　とアピールする。

にっこにこで、チルとチロ、リリとメグ、バーニーさんたち、周りにいる人の名前を次々に挙げていく。

「そうか……。幸せか……」

「うん」

リヴァイアサンさんは胡坐《あぐら》の上にぼくを座らせて、顎をぼくの頭にのせる。

「……。レン、フェンリルとレオノワールのことじゃが……。あいつら、というか儂たち神獣と聖獣はそれぞれ個人主義でな、あんまり仲は良くない。まあ、単純明快なフェンリルと繊細で世話好きなレオノワールの組み合わせは悪くないが、他の奴らは些《いささ》か個性が強すぎる」

他の神獣と聖獣、だって？

「レンのことは、あの方からの話で皆が事情を知っている。これから他の者と会うこともあるかもしれないが……友好的な奴らばかりではないので、気をつけろ。フェンリルと仲が良くない者やレオノワールと性が合わない者もいる……」

「しろがねとしこんと？」

神獣と聖獣同士で真剣に喧嘩なんてされたら周りがすごい迷惑だと思うんだけど、ぼくじゃ止められないよ？

「そういえば、レンはフェンリルとレオノワールを、白銀と紫紺と呼ぶな？」

「なまえ、つけたのー」

「!!　レンがフェンリルとレオノワールに名付けを行ったのか？　それは……契約では？」

ぼくは頭を左右に振る。

「ちがうよ。ぼくとしろがねとしこんは、おともだちー！　シエルさまも、いっぱい、おともだちつくってほしーいって」

「あの方が……。そうか、そのときが来たのかもしれん。なあ、レン。儂もお友達にしてくれんか？」

「んゅ？」

ぼくは頭を少し上に上げて、リヴァイアサンさんの美しいお顔を見つめた。

お友達？　ぼくと、リヴァイアサンさんが？

ぼくはいいけど？　いいの？


「はぁーっ」

「なに、ため息ついてるのよ、ギルバート」

俺は、今しがた読み終えたヒューバートからの手紙を無言でレイラに突き出す。不審気な顔をして、レイラは手紙に目を落としていく。

……俺のかわいい息子、ヒューバートが最近、腹黒弟のハーバードに似てきているような……。

そういえば、ハーバードの息子のユージーンは、俺のもう一人の弟に似ている気がするな。

俺はもうひとつため息をついてから、騎士たちに改めて指示を出す。

まず、集落の奴らは縄で縛ってひとまとめに。ヒューの指示で、集落の中ではなく、海の近くの砂浜に奴らを移動しておく。集落の中の私物で大切な物は、各自で身につけておくこと。

人魚族の生き残りとして海に放り込まれてしまった少女の私物は、レイラに頼んでまとめてもらう。

うん？　集落の爺……じゃなかった、長がギャーギャー騒いでうるさいから、全員に猿轡を噛ましておこう。

集落の人間が変な真似をしないように、周りを騎士で囲んで、他の騎士には引き続き森の中で魔獣が襲ってこないように監視任務だな。

本当は……レンたちの身に起きた詳しい話を聞きたいんだよ、俺は。

海からどんぶらこと現れたのが手紙を咥《くわ》えた紫紺だったのは、ラッキーだったと思ったんだけどな……。

レンについている二人の神獣・聖獣のうち、白銀より紫紺のほうが理性的で理路整然としている。なのに……紫紺はすごく機嫌が悪い。何も喋らないまま、厳しい目つきで海を睨んでいる。

あ、舟で少女を海に放り込んだ男たちにはちゃんと噛みついて報復していたけど。

どうやら隣国では人魚族は迫害の対象というか……、恐怖の対象らしい。

もう、伝説となっているほど昔、神獣と聖獣を巻き込んだ大戦があった。

そのとき、人魚族は海から陸へと覇権を求めて攻めてきた。しかし、慣れない陸での戦いと、守護者である聖獣リヴァイアサンが参戦しなかったせいで、次第に形勢が悪くなり、海へ撤退するまで追いつめられる。その戦いの地こそ隣国であり、隣国は降伏した人魚族や捕虜を含めてひどい殲滅《せんめつ》戦を行った非道の国でもある。

その歴史のせいで隣国では、人魚族の報復を恐れて人魚族について独自の畏れる意識があるんだろう。だからといって、少女を虐めたり、「生贄」として海に放り込むのは許されないけどな!

「ギルバート。こっちの準備はできたけど……ヒューが書いてきたことが、可能なの?」

「さあな、聖獣リヴァイアサンにどれぐらいの力があるのか……。うちの神獣様と聖獣様を見ていると、ちょっと不安だな」

俺はクスッと笑ってしまう。

おとぎ話や神話に描かれる尊き存在の神獣と聖獣だが、うちの白銀と紫紺を見ているとその力に首を傾げてしまう。

それぐらい、人間臭い方たちなのだ。

レイラと並んで海を見て待っていると、紫紺がスクッと立ち上がる。紫紺の周りを一緒に海から帰ってきていたチルが飛び回っているのが、光の明滅でわかる。

「……きたか」

押し寄せる波よりも早い速度で、こちらに何かが向かってくる気配がした。

白浪《しらなみ》を立てて、海に丸く切り取られたような穴が生じる。

「待たせたな!」

そっちの大穴に目を奪われていた俺たちの目の前で、海からザバアーッと何かが現れた。

……えっ!

その何かは巨大な体を徐々に現し、俺たちの前で蛇のようにとぐろを巻いていく。その中心に、ヒューとレンと白銀と例の少女がひょっこり顔を出した。

え？

もしかして……、この巨大な海の魔獣が……。

聖獣リヴァイアサン？

「とうたまーっ」

レンがかわいい笑顔で、こちらに小さいお手々を振っていた。

んー、お友達になるには「名前」を付けてあげないとね。

そもそも、ぼくのお口では「リヴァイアサン」てちゃんと言えないんだもん。

なのでぼくは……じっと見る……けど人化しているからなー。

ぼく、ちゃんとリヴァイアサンさんの姿を見てないし……。

そういうことを、回らない口で説明したら、リヴァイアサンさんもうーんと唸《うな》って腕組みして考え中。

「そうだな……。儂の本体を見せるなら、大分遠く離れないと難しいのう」

「なんで、リバーサンは、しゃべりかた、おじーちゃん？」

白銀も紫紺もそんな喋り方しないよ？「儂」だなんて。

シエル様ももっとお兄さんっぽい口調だよ？　どっちかっていうとヘタレ口調だったよ？

思ったことが口から漏れてしまったらしく、リヴァイアサンさんはクスクスと笑う。

「ふふふ。あの方がヘタレか……。フェンリルとレオノワールや他の神獣と聖獣たちは理由があって、長い間眠っていたことがある。あの方から生み出されたあと、ずっと起きているのは儂ともう一人ぐらいじゃ。だから、生きている時間が違うとも言えるの」

「ふーん」

そんなに長い間、白銀たちは眠っていたの？

お仕事があるのに？

白銀と紫紺ったら、ダメダメだね！　と鼻息荒く言ったら、リヴァイアサンさんはまた「ふふふ」と笑ってくれた。

「そうじゃ。儂の本体を映像として見せよう。それで、勘弁してくれ」

リヴァイアサンさんは、ぼくを膝から下ろして正面に向かい合わせる。

そして、額同士をくっつけて目を瞑れって言われた。

ぎゅっと目を瞑る。

何か……頭の中で……海が広がっていく。

そこに、一体の生き物が……大きな、大きな体。

鱗に囲まれた、長細い体……蛇？　ううん、海竜？

ぼくは、どんどん近づいて、よく見てみるの。

鱗の色も鬣《たてがみ》も爪も綺麗な海の色。

ぼくを優しく見つめる瞳の色。

紫味を帯びた高貴な色……。

「るり……」

瑠璃《るり》色の「瑠璃」ってどうかな？

ぼくが静かに目を開けると、そこには少年のように無垢《むく》な笑顔の「瑠璃」がいた。

「瑠璃か……、いい名じゃ」

「きにいった？」

「ああ、とってもな」

瑠璃はぼくを抱きしめて立ち上がると、その場でクルクルと回り始める。

ぼくと瑠璃の間が光のリボンで結ばれて、その光の粒子も一緒にクルクルと回って輝く。

シエル様！　ぼく、またお友達できましたーっ！

【第四章】海の覇者は新しいお友達

ぼくと聖獣リヴァイアサンさん、いやいや「瑠璃」が仲良くキャッキャッと戯れていたら、瑠璃の力で眠らされていたみんなが起き出した。

「な、なんでーっ！　おいおい！　爺さんっ、なんで……レンと……魂の結びつき……。嘘だろっ、俺……紫紺に殺されるぅーっ！」

急に白銀が喚《わめ》いて騒いで、両前足で頭を抱え始めた。

「うるしゃいよ」

顔を顰めて耳を塞ぐぼくに、白銀が情けない顔を近づける。

「なんで、レン。この爺さんに名前付けちゃったの？」

「え？　おともだちになったから」

瑠璃の腕の中で、万歳と両手を上げて嬉しさをアピールしてみます。

兄様も眠そうな目を拳で数度擦《こす》ったあと、ぼくのところに歩み寄ってきて華麗な早業で瑠璃からぼくの体を奪う。

あれ？　あれれ？

「聖獣リヴァイアサン様とお友達になったの？　どんなお名前を付けたのかな？」

「えっとね、るりー！」

白銀も紫紺も瑠璃も、前世のぼくの国の色の名前だから、兄様には意味がわからないかもね。

「瑠璃……。いいお名前だね」

兄様、にっこり。

ぼくも、にっこり。

瑠璃は、ぼくを抱いていた腕を名残惜《なごり》しそうに見ていたけど、ふんっと鼻を鳴らして白銀に向けて腰に手を当てる。

「白銀よ、儂のことはこれから、瑠璃と呼ぶがいい」

「はーっ、よりによって爺が……。俺、紫紺に殺されるかも……」

「情けない声を出すな。それより、そろそろクラーケン退治に行くぞ」

「……。そうだな。このイラついた気持ちをクラーケンにぶつけるか。レンが食べたいと言ってるし」

陸に戻る前にクラーケンを退治します！

でも、クラーケンがいたところって、まだまだ遠いところだったけど？

あんまり、戻るのが遅くなると父様が心配するし、お祖父様とお祖母様との晩ご飯に間に合わなくなるよ。

「大丈夫。すぐに行って倒して戻ってこよう。ただ……この防御膜が心配だから強化していきたいな」

このしゃぼん玉もどきの膜が破れちゃうの？

ぼくとプリシラお姉さんは、しゃぼん玉が破れたのを想像して顔が青ざめちゃう。

「さすがに、儂もあ奴もデカイからな。激しい海流に揉まれて破れるかもしれん。ふむ、そこの水妖精。ちと力を貸せ」

『ワタシ？』

兄様の髪に隠れていたチロが、ひょっこり顔を出す。

「ああ。儂の防御に沿うように、お前も防御膜を張れ。それでいくらか強くなるだろう」

チロはキョロキョロと瑠璃の作った防御膜を見て、ちょっと眉を顰める。

『まりょく……たりない。ひゅーだけじゃ、たりない』

チルとチロは魔法を使う前と使ったあとにぼくたちから魔力をもらう。食事するみたいなイメージだけど、使う魔法の威力によって、ぼくたちからもらう魔力の量も変わるらしい。

チルは気ままな妖精だから、そもそも強い魔法が使えない。

チルにはほんのちょっぴり魔力をあげるだけで済むけど……、チロはもうすぐ精霊にランクアップする予定の妖精だから、チルより強い魔法が使える代わりに沢山の魔力が必要になる。

『ひゅーに、むりはさせられない』

プンと横を向いてしまうチロ。

「しょうがない。レン、少しこの生意気な妖精に魔力を与えてくれ。おい、小癪《こしゃく》な妖精よ、お前から水の力を奪うこともできる儂の機嫌を損なうなよ？」

瑠璃が怖い顔で低い声を出す。

チロはビクンと小さな体を震わせて、兄様の首の後ろに隠れてしまった。

「チロ。僕からもお願いするよ。レンもチロに魔力を分けてあげて」

「あい」

ぼくは、人差し指をチロに差し出す。

これで、なんとか安心してクラーケン退治に出発できます！


瑠璃がリヴァイアサンの本来の姿に戻って、猛スピードで海を泳いで進んでいく。

しゃぼん玉もどきの中は、快適なんだけどね。

白銀はぼくが瑠璃と友達になったことで拗ねてるし、チロは瑠璃に脅かされたのが怖かったのか、兄様の胸に抱き着いて？ 張りついて離れない。ぼくはプリシラお姉さんと隣同士に座って、お話してます。

ぼくが、一方的にブルーパドルの街のことや、ブループールの街のこと、ブルーベル騎士団のことを話しています。

プリシラお姉さんは、ぼくたちと一緒にブルーパドルの街に行き、レイラ様を保護者としてブループールの街で生活するんだ。

でも、海王国のベリーズ侯爵様たちが「一年に一度は会う」てごねたから、そのときには、ブルーパドルの街で過ごすんだって。

ぼくは、プリシラお姉さんが初めて行く街の紹介をしてるんだけど、ブルーパドルの街もブループールの街もあんまり歩いたことなかったかも。

「レン。クラーケンが見えてきたよ」

「んゆ？　……わああっ、おっきい」

まだ遠く離れているのに、クラーケンのウネウネと動く八本の足が超巨大！　に見える。

白銀がキリリとした顔で、しゃぼん玉もどきの中から海へと勇んで出ていく。

でもその体には別の防御膜が覆っていて……。

「そろそろ、行く」

「うわーっ」

白銀の体が子犬から成犬、そして初めて会ったときのサイズから、まだまだ大きくなっていく。

前足からシャキーン！　と鋭い爪が伸びた。

「待っていろ！　レン。あいつの足を持ってきてやるからなー」

……白銀、すごい大きな体で海の中でも銀色の体毛がキラキラ輝いて、かっこいいんだけど……、泳ぎは犬かきなんだ……。

クラーケンは前世のタコさんが、ものすごく大きくなった姿だった。

茹《ゆ》でてないから赤くはないけど、ウネウネと動く八本の足の裏には吸盤が付いてるのが見える。あの吸盤ひとつひとつが、ぼくの体より大きいぞ。

神獣フェンリルの白銀も体を大きくして向かっていったけど、クラーケンに比べると小さいな……。

聖獣リヴァイアサンの瑠璃は長い体で悠々と海を泳ぎ、その体でクラーケンを囲んで逃げ道を塞いでいく。

しゃぼん玉もどきの中から見ていると、怪獣映画のようで現実感が全くない。

白銀が犬かきでクラーケンの足に近づいていくけど、攻撃はしないで足をじっくりと値踏みしてるみたい？

「しろがね……。たおしたあとに、えらべばいいのに……」

「レンのために、美味しい足が欲しいんだね。それよりも……あのクラーケンの様子が少しおかしいな」

兄様がコテンと首を傾げました。

「聖獣リヴァイアサンが神様に任されたのが海だと語られているし、瑠璃様がそうだと肯定した。なのに……海に巣食うクラーケンの様子が変わらないなんて……」

兄様が言うには、クラーケンと瑠璃の力の差は馬鹿馬鹿しいほどにあって、その瑠璃から威嚇されたのに攻撃体勢を崩さないクラーケンがあり得ない、そうだ。

これが白銀だけだったら、フェンリルの攻撃を受けたことがなければ、愚かにも戦おうと考えるかもしれないが、海の覇者であるリヴァイアサンに恭順の意を示さないのは、弱肉強食の魔獣の世界では考えられないんだって。

「ふーん。クラーケン、あたま、わりゅい？」

「あんまり知能は高くないかもしれないけど、実力はあるからね。あれを冒険者だけで倒そうとしたら高ランク魔獣討伐依頼になるから、Aランク冒険者が大勢必要になるレベルだよ」

「おおーっ。じゃあ、とうたまは？」

父様率いるブルーベル辺境伯騎士団ならどうだろう？

兄様は少し苦笑して答えてくれた。

「騎士団で討伐は難しいね。でも、安心して。ブルーパドルの街には辺境伯の海軍があるよ。ただ、全軍投入して尚且つ、レイラ様と父様も加わらないと楽勝とはいかないね」

ううん？　レイラ様は魔法攻撃が得意だから、海の魔獣相手にするのに必要だと思うけど、なんで父様？

「父様は、剣術だけでなく魔法も強いんだよ？　ただ、魔法操作が壊滅的に下手なんだ……。でも海が戦場なら極大魔法撃っても問題ないし……」

いや、問題あるよね？　白銀の雷魔法より危ないよね？　海のお魚さんいっぱい死んじゃうよ？

「とうたま……きけん」

危ない危ない。

父様が魔法を使おうとしたら、止めよう！　すぐ、止めよう！

「あ、瑠璃様が仕留めに行ったね？　きっとクラーケンが正気に戻るのを待っていたけど、ダメだったんだ」

「うわっ」

瑠璃がその大きく長い体をクラーケンに巻きつけて締め上げていく。

クラーケンの足も一つにまとめられ、丸い頭も瑠璃の体でひしゃげた形に変形していった。

「あっ……」

白銀がクラーケンの足の一つを、根元からシャキーンと爪で切り落とす。

「あし……」

白銀が自分の体より巨大な足を前足で抱えて、よたよたしながらこちらに泳いでくる。

「白銀。器用に尻尾で水を掻いて進んでいるね」

「うーん。かっこわりゅい」

「きゃっ」

プリシラお姉さんがかわいい悲鳴を上げた。

白銀が切り取ったクラーケンの足で作るタコ料理に、意識を奪われていたわけじゃないよ？　ちょっとどんな料理を作ってもらおうかな？　てワクワクしていただけだよ？

クラーケンとの戦いから目を離した僅かなときに、瑠璃を中心に海流が生じて渦のようになっていた。その海流の影響で、ぼくたちのいるしゃぼん玉もどきがクルクルと回り出した！

『れーん。まりょく、たりないーっ』

チロがぼくの手の甲にポテッと落ちてくる。

「あい」

どうぞ、どうぞ。

なんとなく指の先から魔力が、ちゅーと吸われていく感覚がする。

『ぷはっ。よし！　しーるど、きょうかーっ』

チロの体がピカッと光って、しゃぼん玉もどきの中が薄《う》っすらと光り出す。

「あっ、瑠璃様がトドメを刺した」

ん？　なんですと？

クラーケンに自分の体を巻きつけて自由を奪ったあと、渦を巻くほど海流の流れを激しくして、そしてその海流をいくつかの鋭い銛に変え、四方八方からクラーケンの体を串刺しにした。

じんわりとクラーケンの血が海に滲み出す。

ゆっくりと瑠璃の体がクラーケンから離れていくのと同時に、海流が徐々に落ち着いて元の静かな海に戻っていった。

「あれ？　なに？」

ぼくは、クラーケンを指差して、兄様に問う。クラーケンの体から黒い靄《もや》みたいなものが湧き出して、海に流されて消えていったからだ。

「あれは……」

ぼく、あの黒い靄を見たことがある。兄様の体から出てきた黒いの、道化師みたいな人が吹いていた笛から出てきたのも同じ黒い靄だった。

あのクラーケンもそれと同じなの？

「戻ったら父様に報告しなきゃ」

「クラーケンのあし、たべれりゅかな？」

あんな黒い靄が入っていたクラーケンの足には毒があるかもしれない。

しゃぼん玉もどきの防御膜にベターッとクラーケンの足を引っつけて、満足そうに笑い尻尾をパタパタ振っている白銀を見て、ぼくは眉をへにょりと下げた。


ふむ。

若いクラーケンゆえに我慢が利かず、陸への好奇心で暴れていたかと思ったが、どうやら違ったようだ。

僅かに感じる、悪《あ》しき者の思念。

クラーケンを倒したことと、海流に水の上位精霊に頼んだ浄化の力を混ぜたことで、その悪しきモノは霧散したが……。

まあ、いい。

もう、このクラーケンに脅威は感じない。

レンがクラーケンを食べると聞いて人魚王が興味を持っていたから、儂もこのクラーケンを土産に持っていってやろう。

クラーケンの亡骸《なきがら》を収納魔法で仕舞うと、レンたちが待つ防御膜へと体を泳ぎ進める。

なぜかレンたちを守る防御膜には、べったりとクラーケンの足がへばりついている。

何をやっているんだ？

「おい、白銀。クラーケンの足が邪魔だぞ？」

「運ぶの疲れた。なあ、この足ごとこれを陸まで運んでくれよ」

ん？　何を言ってるんだ、こやつは？

「なんでそんな面倒なことを？　収納魔法で仕舞えばよかろう」

「はあ？　そんな器用な魔法は紫紺じゃないとできねぇよ。俺には無理！」

無理ではなかろう。お主は神獣だぞ？　あの方が作られた最高峰のひとつだぞ。

「白銀。お主ボケたか？　収納魔法もだが、他属性の魔法も使えないのか？」

「俺ができるのは昔も今も雷魔法だぞ？　まぁ……氷もちょっと使えるが……」

儂、口あーんぐりじゃ。

「ば、ばかなことを言うでない。お主は全属性の魔法を使える。その中で得意なのが雷と氷だったはずじゃ。確かに昔から魔法操作が雑だったから防御膜とかは上手に張れなかったが……」

白銀は変な顔をした。

儂の言うことが信じられないのか？　もしかして……あの大戦のあと心身ともに傷ついた神獣聖獣《なかま》どもは眠りについた。目が覚めた時期はバラバラだったらしいが……、こやつは寝ている間に自分の能力を忘れてしまったとか？

いやいや、そんなバカな……。

儂、白銀の様子をそっと見る。

あ、このバカならあり得るな。

儂、納得。

放っておいてもいいが、陸では白銀と紫紺にレンの守護を任せるしかない。

「白銀……。忘れてしまった能力を取り戻すために、一度あの方の元を訪れたほうがいい。念のため紫紺も一緒にな。あの方の名残「神器」が奉納されている教会に行けば、道が通じるだろう……て、おい、どうした？　急に震え出して？」

「お……俺、忘れてた」

「そうじゃろう、そうじゃろう」

「ちげーっ！　能力のことじゃなくて、教会だよっ、教会っ！　レンと合流できて人の街に行ったら、レンを連れて教会に行くようにあの方に命じられていたのに……忘れてた」

「それは……怒られるのう」

ヤバい！　ヤバい！　とまるで自分の尻尾にじゃれつく犬のように、その場でグルグルと回り始める。

やれやれ、儂は白銀の代わりにクラーケンの足を収納魔法で仕舞って、白銀の体を防御膜の中に尾で叩き入れる。

うるさいのじゃ。

とにかく、今度はレンたちの父が待つ陸に行かねば！

儂もレンの新しいお友達としてご挨拶しなければならないし、守護する人魚族を苦しめた奴らに仕置きをせねばならない。

駄犬に構ってるヒマはないのじゃ！


俺はあの方の命令を失念していた失態に、地の底を突き抜けるほどに落ち込んだ。

爺さんに陸まで送ってもらい、仲間の紫紺にあの方の話をしようとして……その前に、爺さんとレンの契約のことでむちゃくちゃ怒られた。

げっそり……。

なので、爺さんの仕置きを手伝う名目でストレス発散！　流民の作った集落の家屋に向けて、俺様の雷魔法を乱れ打ちにしてやり破壊する。

バリバリバリバリバリッ！　ドンガラ、ガッシャーン‼　ビカビカビカッ！　ズッドオォォォオーン！

あっという間に、集落の建物は瓦礫《がれき》の山と変わり、あちこちで火が燻《くすぶ》っていた。

はあぁぁぁっ、スッキリ……しないなぁ……。

いい加減許してくれよぉぉ、紫紺。


海を見てやきもきしながら、レンたちの帰りを待つアタシ。

はあーっ、心配だわ。

白銀……ちゃんとレンたちを守っているかしら？

チロはヒュー以外の人も気にしてほしいわ。

白銀のバカは、ちゃんとクラーケンを倒して足をゲットできたかしら？

レンがあんなに食べたがっていたんだもの、食べさせてあげたい……、でも食べられるのかしら？　あんなもの……。

ふうっと、ため息。

眺めていた海が急にブクブクと泡立ち、こちらに向かって何かが猛スピードで近づいてくる。

来た！

アタシはスクッと立って、レンたちを出迎えるため尻尾をひと振りした。

……、………。

あの駄犬《バカ》！

なによっ、なによっ！　なんなのよ、あれは！

聖獣リヴァイアサンの爺さんが人化して海から現れたのはいいわよ、後始末を考えたらしょうがないわ。

あの人魚族の少女のことで、ギルたちとも話す必要があるものね。

でもでも、なんでレンと繋がりができているの？

なんでアタシたちと同じ絆《きずな》で結ばれているのよっ！

「ごめん、ごめん。ごめんなさーい！　気がついたらレンと爺は……名付けして契約済んでた」

海から戻るなりアタシの目の前で滑るように伏せをして謝り倒す、神獣フェンリルこと白銀。

アタシは、自分より前に尊きあの方に創られた神獣の頭を、ぐりぐりと踏んづける。

「なんだって、アンタがついていながらそんなことになるのよっ。阻止しなさいよ、止めなさいよ！　もうきっちり契約できちゃってるじゃない。キャンセルできないのよ？　魂の結びつきは！」

ひぃーぃっと悲鳴を上げて、体を縮こませる駄犬《しろがね》。

格下の聖獣にビビッてないで、ちゃんと説明しなさい。

「わかりません、わかりません。なんか……気がついたら……寝てた」

てへっと笑ってもかわいくないのよっ！

何それ？　何それ？　レンの真似？　ぶっ叩くわよ？

バシッ！　ゲシッ！

あ、叩くついでに蹴っちゃった。

ひたすら謝るだけの白銀にムカついて、さらにゲシッゲシッと足と尻尾で攻撃する。

「こらこら、紫紺。そこまでにしてやれ」

「なに気軽にアタシの名前を呼んでるのよ？」

アンタもアタシと同じ聖獣なんだから、遠慮はしないわよ？

神獣の白銀に対して遠慮していたのか？　という質問は受け付けないわ。

ふんっ。

「儂もレンに名前をもらったのじゃ。これからは儂とも良しなに頼む」

「ぐぐぐぅぅぅっ……。わかったわよ」

「そんな渋面を作るな。契約を交わしたと言っても、儂は守護する海からは離れられん。いざというとき以外は大人しく海で見守ることとする」

「……そう」

その言葉を聞いて、少しアタシの中での焦燥が落ち着いたわ。

人化した聖獣リヴァイアサンは「瑠璃」という名前をレンからもらったのだと、嬉しそうに教えてくれた。

爺さんのそんな顔を見たのは、いつぶりかしら……。

しょうがないわね。

レンを守るにあたり強い仲間は大歓迎よ。

しかも、レンと生活を共にすることなく必要なときだけ協力する、使い勝手がいい存在。

あら、やだ。

白銀よりもいい条件かも。

土下座ならぬスライディング伏せをし、アタシに殴る蹴るの楽しいスキンシップを受けた白銀は、瑠璃のとりなしに安堵《あんど》して砂まみれの体をブルブルと振るっていた。

「ん？　なんだよ？　まだ怒ってんのか？」

「あったり前でしょっ！」

「それより、白銀。あの話は紫紺には？」

「あ……、まだ。なあ……紫紺。俺たちレンと会ってすぐに……そのう、教会に行くって指示をすっかり忘れていると思うんだけど……」

「……え？」

そういえば……そんなことを……あの方から、言われていた……ような？

「あああぁぁぁーっ！」

大絶叫を上げたわよ！

「とうたまーっ」

瑠璃にそっと砂浜に体を下ろしてもらったぼくは、両手を広げて待つ父様の腕の中を目指して、とてとてとてとて。

ぱっふん。

「レン！　よかった、無事で……。心配したんだぞ」

「ごめんしゃーい。ごめんしゃーい、とうたま」

ぼくは父様の胸に、ぐりぐりと頭を擦りつける。

父様がぎゅっとぼくの体を強めに抱きしめて、頭を撫でてくれた。

いつもなら兄様が父様からぼくを取り上げるんだけど、兄様は後ろに控えていたアリスターの元へ行ってしまう。

暫し、親子の感動の対面を満喫していると、瑠璃の忍び笑いが聞こえてきた。

「ふふふ」

「ん？　この人は……もしかして……」

抱きしめていたぼくの体をゆっくりと離して、父様はぼくの後ろから歩いてきた瑠璃の姿を訝《いぶか》しげに見つめる。

「お主がレンの父か？　初めましてだな。儂は海の守護者、聖獣リヴァイアサンだ。此度《こたび》はレンとお友達になり瑠璃の名前をもらった。お主たちも瑠璃と呼ぶがいい。許す」

父様は、ぼくと瑠璃がお友達になったと聞いた途端、お口を大きく開けて呆然としちゃった。

あれ？　兄様のお手紙に書いてなかったっけ？

あ、お手紙書いたあとにお友達になったんだった。

「とうたま。るりー！　ぼくのおともだち。ぼくがつけたなまえ、るりー！」

ちゃんと父様にぼくの大事なお友達を紹介しないとね！

聖獣リヴァイアサンに名付けをしてお友達になっていたことの衝撃をなんとか乗り越えた父様は、集落に住んでいる人たちを捕らえたことを瑠璃に報告する。

「ふむ、では仕置きをするか」

そう言うと瑠璃は、砂浜でじゃれ合っている白銀と紫紺の元へ歩いていってしまった。

「おしおき？」

ぼくが父様の服を摑んでクイクイと引っ張ると、父様はちょっと怒った怖い顔に変わる。

「少女を虐《しいた》げた挙句、海に生贄として放り込むなんて許されることじゃないからな。ちゃんとお仕置きして罪を償ってもらう」

集落の人たちをお仕置きする理由をぼくに教えてくれた。

まあ、プリシラお姉さんは人魚族だったし、その人魚族を守護している瑠璃は今回のことを知って怒っていたし、お仕置きもしょうがないのかな？

ぼくは、捕らえられてひと塊になっている集落の流民たちを見る。縄で体を縛られて猿轡まで嚙まされて、バーニーさんたち騎士が周りを囲んで逃げないように睨んでいた。

でも、お仕置きって何するの？

「レン……」

名前を呼ばれて振り向くと、兄様と申し訳なさそうに三角耳と尻尾をしょんぼりさせたアリスターがいた。

「アリスター！」

ぼくはとてとて走ってアリスターの足に飛びつく。

「アリスター、けがは？　いたい？」

ぼくたちが舟に乗り込む前、アリスターはおじさんたちに殴られたり蹴られたりしていた。とっても痛そうだったし怪我もしてるかもって、心配してたんだよ？

「ああ……大丈夫だ。ポーションを飲んだし普段から鍛えているから」

「……そのわりには、格下にやられ放題だったみたいだが？」

ニッコリ笑って答えてくれたアリスターに向かって、トゲのある言い方をする兄様にビックリする。

「しょ、しょうがないだろーっ！　一応、ブルーベル家の立場を考えて問題にならないように……した、つもり……。ヒューはなんで怒ってるんだ？」

「つまらないことを考えるなよ。騎士になるなら守る者と守る方法を間違えるな」

「うっ……。わ、悪かったよ……。レンのこと、守れなかった……。ごめんな、レン」

アリスターがしゃがんでぼくと目線を合わして謝罪してくれるけど……、兄様が怒っているのはそういうことじゃないよ？

ぼくはアリスターに抱っこをせがむように、両手を上げた。

「ん！」

アリスターは、兄様の様子を窺ってからぼくを抱き上げる。優しい腕の中でぼくは、アリスターの頬に手を添えて言い聞かせるようにハッキリと喋る。

「アリスター、ぶじ、よかったの！　にいたまも、しんぱい、してたの！」

そう、兄様はアリスターのことを心配していたのだ。おじさんたちに囲まれたときに大人の事情なんて考えずに、自分の身を守るために反撃すればよかったのにと、兄様は思っていたのだ。

たぶん、ぼくのことを守れなかったって反省してるのは、アリスターだけじゃなくて兄様もだと思うよ？

「ぼくが、わりゅいの……。ごめんしゃーい」

そうだよ、ぼくが悪いんだよ？　また、一人で勝手に動いて、白銀と紫紺も巻き込んで、父様たちを心配させてしまったんだもん。

だから……。

「にいたま、アリスター、なかよく、して」

いや、二人とも仲良いけどね？　珍しく兄様はアリスターに対してだけ素直じゃないからなぁ。

「うん。レン、ありがとな。俺、もっと鍛えて強くなるからな！」

「ありがと。ぼく、アリスター、しゅき！」

ぼくはニコニコ笑いながら、アリスターの胸にすりすりすりする。すりすり。

「イテッ！　イテテ！　ちょ、ヒュー、やめろっ。蹴るな蹴るな、地味に痛いぞ！」

アリスターが顔を顰めて後ろに立つ兄様を睨む。

あー、兄様がぼくには王子様スマイルを向けているけど、足でアリスターの脛《すね》をゲシゲシ蹴っているね？

「……にいたま」

「ん？　レン。僕も鍛えてアリスターより強くなって、ちゃんとレンを守れる兄様になるね！　だから、こっちにおいで」

兄様はひょいとアリスターからぼくの体を奪ってしまう。

「あーっ！　ヒュー、ずりぃぞ！」

「何がズルいんだよ？　レンは僕の弟なんだから、僕が抱っこするの！」

あれ？　あれあれ？　二人とも、また口喧嘩を始めちゃった……。

んもう！　仲良くして！


さて、お仕置きの時間だ。

まずは、この者たちが住む家を潰すか。

「白銀。お主の魔法でここら辺の物を全て壊してくれ」

白銀は紫紺に散々怒られて少々元気がないが、生来暴れるのが好きな奴じゃ。

思いっきり力を使えば、少しはスッキリするじゃろう。

「あー、わかった。雷しかできないけどな……」

落ち込んでるのう。

海の中で話した白銀の能力の欠如の話を紫紺にもしたが……。

「はあ？　白銀の能力が本来よりも劣っている？　何それ？　その駄犬は、昔も今も駄犬のままよっ！」

いやいや、お主、腐っても神獣に対して不遜すぎんか？　我ら聖獣も神獣に負けず劣らずと自負はしているが……。

儂、怯えながら紫紺に説明する。

「お主は平気かの？　前より使えない力など、ないか？」

紫紺は儂の言葉に目を丸くして驚き、自分の魔力で体を薄く覆って探査していく。

「何してんだ？　紫紺」

白銀はそんな紫紺の様子に首を傾げて見ているが……、お主は大人しくしておれ、また怒られるぞ？

「あ……、あら？　あらあら？」

レンに「紫紺」と名付けられた毛色が悪くなるぐらいに、青ざめてガクガクと震えていく。

「アタシ……使える魔法が……減っている？」

どうやら、もともと得意だった風魔法と魔法操作が必要な空間魔法や防御系・付与系魔法は使えるが、相性が良くなかった火魔法系が行使できなくなっているらしい。

「そんな……。どうして？」

「だから、あの方に申し出て能力の調整をしてもらえ。そのために教会に行き神界との道を繋げと白銀に言ったら……」

「あの方のレンを連れて教会を訪れろという命令を思い出したのだ……。こんなに時間が経《た》っていたら、ものすごく怒られるのだ……。あれ？　あの方は無限の時間を生きる方だし……そんなに気にしてないかな？　ちょっとぼんやりしているしな……」

白銀、それは創造神に対して不敬だぞ？

確かにあの方は、その畏怖するお力とは反対にぽややんな方ではあるが……。

「たぶん、アタシたちが教会に来るのを指折り数えて待っていたわよ……。待ちきれなくて鴉《からす》の神使を寄こしてレンのこと盗み見してたんだわ……」

そんなことをしていたのか！

あの方もお茶目な方だのぅ。

「ヤベェー、ヤベェじゃん！　紫紺、お前さぁ、鴉の神使をボコボコにしてたよな？」

「そういうアンタは、次元の境目に投げ入れたわよね？」

何をしているんだ？　お主らは？

儂、そこまでお主らがアレだと、フォローできんぞ？

二人して獣体のままお座りして頭をガックリと下に向けていると……、まるで、大好きな主人に怒られた飼い犬と飼い猫じゃな。

「そのことも、教会に行きあの方に直接謝るしかないの。儂からもとりなしてやるから。ほれ、ここの仕置きをさっさと済ますぞ」

「「はぁぁぁい……」」

シャキッとせんか！　シャキッと！

その後、儂らは白銀のやけくそな雷魔法で家屋を破壊し、紫紺の風魔法で巨大竜巻を起こし瓦礫を巻き上げ、その竜巻の中で風の刃《やいば》を生じさせて瓦礫を粉砕、最後に儂が土魔法で瓦礫とその場所の土とを混ぜて、あっという間に流民の集落を更地に変えてしまった。


「うわっ！　しゅっごおぉぉーいっ！」

集落に建てられていた全ての家屋と、鶏小屋、井戸などが、神獣聖獣たちの魔法で綺麗な更地に変えられた。

それもあっという間に。

ちゃんと瑠璃が周りに防御魔法を張って森に被害が出ないようにしてくれていたけど、びっくりするぐらいの威力だったよ？

捕らえられている人たちは、目を大きく見開いてガクガクと体を震わせている。

「よしっ、じゃあ次の段階にいくぞ」

瑠璃が、白銀と紫紺に声をかけ、二人が気のない返事をしたあと、ペタリと瑠璃の左右の足に前足をつける。

瑠璃が両腕を大きく開いて体全体からキラキラと魔力を放出し、集落跡地を覆うようにそれを広げていった。

白銀と紫紺の二人も薄っすらと自らの魔力で光り出し、その溢れた魔力はそれぞれの前足から、瑠璃の体へと注がれていくように見えた。

ポコッ。

「んゆ？」

地面にポコッポコッと穴が空いてくよ？

あ、ちがう。

何かが生えてきた？

「うわあ！」

小さな双葉がたちまちに若木になりスクスクと育って幹が太くなり、葉が茂り根がうようよと地面の中を這《は》い回る。

一本や二本じゃない、沢山の木が一気に生えたけど……。

「ちょっと、ちいちゃい？」

周りの森の木は太くて大きくて見上げるほど高いけど、新しく生えた木は兄様やアリスターの背ぐらいしか高さがないのだ。

「ああ、そうだ。儂の魔法でもっと成長させることはできるけどな、あんまり魔法だけで大きくなると弱くなる。この木たちはここから自分でゆっくりと大きくなるんじゃよ」

瑠璃が優しく微笑みながら、教えてくれた。

もう、集落の長だったお爺さんなんて滂沱《ぼうだ》の涙だし、猿轡を嚙まされているのに「うあああああっ」てずっと呻《うめ》いてる。

ショックだったのかな？　国を捨てて自分たちで開拓して住んでいた場所が、瞬時に元の状態に戻ってしまって自分たちの帰る場所がなくなってしまった。

んー、プリシラお姉さんのことは許せないけど、居場所がなくなったことはちょっと同情しちゃうかなぁ。

「レン、気にしなくていいよ。ここに住んでいた大体の人は、隣国にいられなくなった悪い人だから」

「そうなの？」

兄様が教えてくれたことに、びっくりした。

「ヒューが集落の子どもたちから話を聞き出したらしいが、長の爺さんからしてお尋ね者らしいぞ」

アリスターが言うには、兄様は集落の人の調査をするために、子どもたちに話を聞いていたんだって。

てっきりぼくは兄様が集落の子たちと仲良くなりたくて、遊んでいるのかと思った。

誤解しててごめんなさい。

「さて、今度はこっちだな」

瑠璃はクルリと反転して、海のほうへと体を向ける。

ここは、入り江になっていて左右には海から上がるのには無理な高さの崖があるんだ。

猫の額ほどの砂浜があって拙い作りの桟橋の横には、ぼくたちも乗った小さな舟が三艘繋いである。

「白銀と紫紺。また手伝ってくれ」

「「人使いが荒い！」」

「人ではないだろう……」

瑠璃は海に向かってまたまた両腕を大きく開いて、白銀と紫紺がペタリと前足を瑠璃の足につける。

魔力がふわふわと三人の体から溢れて、今度は海へと注がれていく。

「おい、海が……引いていくぞ」

どんどん海が沖へと引いていくと、ある境でピタリと動きが止まる。

止まった潮は段々高波へと姿を変えて、まるで町ひとつ飲み込んでしまいそうな凶悪な姿をぼくたちの前に晒《さら》した。

「……なんだか、怖いな」

兄様がそっと呟いた。

ぼくはその海の状態を「津波」だと思い、ダァーッと瑠璃たちのところへ駆け出していた。

とてとてと、不安定な体を左右に揺らして必死に走る。ボスンと瑠璃の足に抱きつくと目をぎゅっと瞑って、ぼくの体の中から溢れる力を瑠璃に注いだ。

「レ、レン?」

「爺、いいからやれ！」

「早くしなさいっ」

「しょうがない。いくぞ！」

制御できない力の奔流にぼくの体がバラバラになりそうだった。

ぼくたちの周りで、びゅーっびゅーっと風が強く吹き荒れている。

地面がグラグラ揺れて立っていられないぐらいの振動に、ぼくは瑠璃の足に強い力でさらにしがみつく。

後ろで兄様たちの驚く声や、レイラ様たち女性の怯える声が聞こえた。

だって、今、ぼくたちが立っている場所が左右の崖と同じ高さにまで隆起しているんだよ?

それは、地面も激しく揺れるよね?

グリングリンからグラグラになってユラユラと揺れが小さくなってきた頃、高波の状態で止まっていた海が動き出してゆっくりとこちらへ戻ってきた。新しく隆起してできた崖にバッシャアーン！　と激しく波が打ちつける。

波の飛沫がいっぱいぼくたちに降り注いで……うー、ビシャビシャ……だよぅ。

「しょっぱー！」

うえええっ、口の中に入っちゃったー！

びーびー、と泣いていたら兄様が急いで駆け寄ってきて、ハンカチで顔とか手とか拭いてくれました。

アリスターが水筒を差し出してくれたので、んくっんくっと飲んで口の中のしょっぱいのを流します。

うえぇっ、ひどい目にあったよぅ。

「爺！　なんで、防御魔法を張ってないんだよっ！　濡れちまっただろうが！」

「さいてーっ！　アタシの毛が塩水で濡れてベタベタじゃないの！」

二人でブルルって体を震わせないで！　水飛沫がこっちに飛んでくるー！

「しろがね！　しこん！　やーの！」

「ごめん」

「あー、ごめんなさい。ほら、クリーンしてあげるから」

「あははははっ！　お主ら、間抜けな姿じゃのう」

一人だけ防御魔法を張っていたのか、サラリとした立ち姿で瑠璃はぼくたちを見て大笑いする。

「ぶーっ！」

「おお、悪い悪い。怒るなレン」

ぼくの頭をクシャクシャと撫でて、瑠璃は集落の人たちのところへ歩いていった。

一人一人じっくり見て、細身の女の人とその子ども、片腕がない男の人とそのお母さんかな？　お婆さんだけを騎士さんに預ける。そして、残りの人たちをぼくたちが海の中で入っていたしゃぼん玉もどきみたいな膜で包んで、ふわっと宙に浮かした。

「るり？　どうするの？」

「ん？　返すんじゃよ。こんなのがあったら、困るじゃろ？」

「かえすー？　どこに？」

ぼくの問いに、ニヤッと笑って瑠璃はボールを投げる動作をする。すると、集落の人たちを包んでいた丸いしゃぼん玉もどきがブーンと飛んで海にボチャン！　と落ちた。

「おちちゃった！」

「そらっ」

瑠璃が右手を左から右へと大きく払う仕草をすると、海が横に流れていく……？

「ん？」

「んゆ？」

兄様とアリスターとぼくが、その不思議な光景に首を傾げてしまう。

集落の人たちは川の急流下りをするかのように速いスピードで海を横に流れていき見る見るうちに小さくなって豆粒ぐらいになって、そのうち見えなくなった。

「ど、どこに流したんですか？」

父様が青い顔をして瑠璃に尋ねる。

「あ奴らは隣国から流れてきたのだろう？　だから隣国に返したのじゃ。大きな港町に着くようにしたから、すぐに向こうの兵に捕まるじゃろう」

「……それは……助かります……」

なぜか疲れた顔をして父様が瑠璃にお礼を言った。

「残した者たちは、あの中では善良な者たちじゃ。プリシラのこともこっそり助けていたみたいだし、転移で安心に暮らせる国の教会にでも送ろうと思う」

瑠璃の言葉に残された集落の人たちは安心したのか、ハラハラと涙を流した。

うーん、これで一件落着、なのかな？


バーニーさんが他の騎士さんたちに何かを命じると、バタバタとみんなが一斉に動き出した。

瑠璃は慈愛の微笑みを浮かべ、集落の中で残された人たち一人一人に声をかけたあと、不思議な力でどこかへと集落にいた人を転移させてしまう。

レイラ様とプリシラお姉さんは二人で、もともとプリシラお姉さんが住んでいた家というか……小屋があった場所で立ち尽くしているみたい？

ぼくは、兄様のズボンをクイクイと引っ張って、「あっち」とレイラ様のほうを指差しとてとてと歩く。

「レン、待って」

兄様がすぐにぼくを抱っこしてくれて、後ろには白銀と紫紺、アリスターが続く。

「どうちたの？」

「ああ、レンちゃん。さっきの聖獣様たちの御力はすごかったわね。レンちゃんもお手伝いして偉かったわー」

ぼくは褒められて、ちょっと嬉し恥ずかしでもじもじ、白銀と紫紺は反対に自慢げに胸を張っている。

「それでね、ここにこの子の家があったんだけど、そこから生えた木が少し周りの木と違うみたいなのよ」

レイラ様は手を頬に当てて、悩ましげに「ほうっ」と息を吐く。

木が違う？

ぼくは、周りの木とその木をよく見比べてみる。

「あれ？　レン、あの木だけなんかピカピカしてるね？」

兄様が教えてくれた木は、確かにその一本だけ幹がピカピカと輝いている。なんていうか、木の幹が日に当たると慎ましい虹色っぽい輝きに包まれたように見えるんだ。

「……あのぅ……」

ずっと黙っていたプリシラお姉さんが、か細い声を上げた。みんながその声に注目するから、プリシラお姉さんは肩を竦《すく》め俯きがちに小さい声を発する。

「もしかしたら、わたしの……涙のせいかも……」

「なみだ？」

ぼくは、ますますわからなくて首を捻る。

レイラ様が補ってくれた説明によると、プリシラお姉さんは夜に一人でこっそり泣いていて、そのときの涙が真珠に変わって、それを集落の人たちに見つかるとまた虐められるから、小屋の中の地面に掘って埋めていたらしい。

「……毎晩、枕元に涙の真珠と鱗があって……それを埋めていて……そのままだったから……」

「つまり、この木だけそれらを養分としたから、周りの木と違う成長をしたってわけか」

兄様が難しい顔で、虹色に仄《ほの》かに輝く木の幹を撫でる。

「ダメなの？」

木が虹色に輝くと、何か問題でもあるんだろうか……。

「平気じゃよ」

「るりー！」

瑠璃がその木に手を当てて、眩しそうに見つめる。

「ふむ。他の木に比べて清浄の力が強いみたいじゃ。この木はここら辺一帯の守りになるじゃろ。プリシラも気にするでない」

「……はい」

プリシラお姉さんは、安心したように息を吐いた。

「もともと人魚族の涙の真珠は害がないからの。あれは人魚族が人を想って流す悲しみの結晶じゃよ。悲しみ以外の涙は、人族たちと同じでただ頬を濡らすだけじゃが、誰かを想って流した涙はその想いを忘れぬように、優しく想いを昇華しようと真珠に変わるんじゃ。プリシラは、母を想って流したんじゃろう」

プリシラお姉さんは瑠璃の言葉に瞳を潤ませふらふらと木に近寄り、その細い腕で木を抱きしめた。

「……っおかあ……さん……」

レイラ様と瑠璃が、プリシラお姉さんの震える体を両側から抱きしめてあげる。

……。

きっと、プリシラお姉さんのお母さんは優しくて愛情深い人だったんだろうな……。

あんなにプリシラお姉さんがお母さんを想って泣いているんだもの。

「……いな」

ぼくは、歪んだ顔を誰にも見られないように兄様の胸に顔を埋《うず》める。

いいな。いいな。羨ましいな。

優しいママに愛されて。

ぼくは、どうだったんだろう……。

でも、そんなことを考えちゃいけない。

それは、悪いことなんだ……、ぼくは悪い子になりたくないっ。

「どうしたのレン？」

「どうしたレン？」

「あら、疲れちゃったの？」

「ヒュー、レンを連れて先に馬車に戻るか？」

兄様や白銀と紫紺、アリスターがぼくを心配して次々に話しかけてくれる。

今は、こんなに恵まれて幸せで、この世界に来てギル父様やアンジェ母様が慈しんでくれて……。

ぼくは……。

「へいき！　なんでもにゃいの！　ふふふ」

ちょっと悲しい心に蓋をして、全開の笑顔をみんなに見せた。

ぼくの笑顔で、みんなが笑ってくれる。

それが嬉しくて、なんだかほっこりするよね！


「さて、儂は海へと帰るとしよう」

あのあと、父様とレイラ様と瑠璃で難しい話をして、これからどうするかが決まったらしい。

瑠璃は「帰る」宣言をして、プリシラお姉さんにキラキラ青銀色に煌めく鱗を一つ手渡した。

「リヴァイアサン様……これは？」

「儂の名は瑠璃じゃ。皆も瑠璃と呼ぶがいい。プリシラ、これはな、お主のお守りじゃ。こうして身につけておけば、危ないときにお主を守る。あとは……どこに行っても場所がわかる。すまんのぅ持っていてくれ。ベリーズ侯爵たちに渡すよう頼まれたのじゃ」

それって……GPSじゃないかな。

「いえ。ありがとうございます……瑠璃様」

ほんの微《かす》かに口元を緩めたプリシラお姉さんは、瑠璃から渡された鱗を促されるまま自分の耳に当ててみる。それは青銀色のイヤーカフに姿を変えて、プリシラお姉さんの耳を飾る。

「かわいーの」

繊細なデザインが施されたイヤーカフは、エメラルドグリーン色の髪と合っていて、とっても素敵だ。

「レンにもこれをやろう。肌身離さずつけておくのじゃぞ？　危ないときは勿論《もちろん》、儂の力が必要なときはそれに呼びかけるのじゃ。すぐに駆けつけようぞ」

瑠璃はぼくの首に、ペンダントをかけてくれる。ペンダントトップはプリシラお姉さんに渡したのと同じ、青銀色の鱗。

「『いらん！』」

「お主らの力を侮っているわけではないぞ。ただ、今回のような海の中だと、お主らじゃ心許《こころもと》ないのは確かなことじゃ。それに、他のややこしい神獣聖獣《なかま》とのトラブルのときに儂は役立つじゃろう？」

「『うぐっ』」

白銀と紫紺、撃沈。

「ありがとーっ！　だいじにするの！」

そうかそうかと笑って、ぼくの頭を撫でる瑠璃。

うん！　嬉しいよ！　たとえプリシラお姉さんと同じＧＰＳ機能が付いていてもね！

え？　ぼくのには付いてないの？　それでいざっていうとき大丈夫？　へ？　転移機能が付いてるから、即座に移動できるの？　へ、へえーっ、すごいね……。

ぼくがまじまじと鱗を見ている横で、白銀と紫紺がうぐうぐと歯噛みしていた。

「そうでなくともプリシラと家族の手紙のやりとりで、水の精霊を行き来させるのでな。緊急でなければ、そ奴に伝言を頼めばいい」

「あい！」

「おおっ！　忘れていたわ。紫紺、主は収納魔法が使えるのであろう？　これを頼むぞ」

デデーンと、その場に出されたのは白銀と一緒に倒して千切ったクラーケンの足。

ビチ、ビチチ、とまるで生きているように跳ねています。

活《い》きがいいなーっとぼくは思ったんだけど、みんなは「ひぃーっ」と悲鳴を上げて後退《あとずさ》る。

「……、忘れてたわ。いいわよっ！　仕舞うわよっ、仕舞えばいいんでしょ！」

やけ気味に叫んで紫紺は自慢の尻尾の先で、クラーケンの足に恐る恐るチョンと触れ収納していた。

「あれ、しんでるの。みんな、だいじょーぶよ？」

引きつった顔の父様とバーニーさんたち。うげげげって顔を顰めていたアリスター。そして、今にも何かの攻撃魔法を撃ち込もうとしていたレイラ様。

本当にみんな何してるの？　あれ、美味しいのにな……。

じゅるるる。

「レン、よだれ出てる」

兄様が呆れて、ぼくの口元をハンカチで拭いてくれた。

「ではの、レン、また会おうぞ」

「うん。こんどは、いっぱいいっぱい、あしょぶのー！」

約束だからね、絶対だよ？

ぼくは、瑠璃が海に飛び込んで水柱が高く天に突き上がるのを見上げて、そう心の中で瑠璃と指切りをした。


流民の集落ではいろいろとあったけど、ぼくらは無事にブルーパドルの街へ戻ってくることができました。

無事だけど、戻るまでの間に問題は発生しました。

まず、一台しかない馬車に誰が乗るか問題です。レイラ様とプリシラお姉さんは乗車決定！　じゃあ残りは誰が同乗するの？

まだまだ人が怖いプリシラお姉さんのことを考えて、父様は馬に乗ることが決定。海の中では、同じしゃぼん玉もどきで一緒だったけど、馬車の狭い空間ではちょっと厳しいかも？　で兄様も脱落。残ったのは、ぼくと白銀と紫紺、子犬&子猫バージョンだけ。

ここで、兄様が珍しく駄々をこねた！

兄様は一人で、馬に乗ることがまだできない。だから、アリスターの馬に同乗するように父様に言われて、思いっきり拗ねたんだ。

その珍しい姿に、ぼくは驚いて目を真ん丸にして兄様の顔を見ちゃったよ。

アリスターもどうしたらいいのかわからずにオロオロするし、バーニーさんが遠慮して「自分の馬にどうぞ」って誘ってくれたけど、兄様の両頬がぷーっと膨れるのは直らないままだった。その微妙な雰囲気にぼくもいた堪《たま》れない気持ちになったところで、ボフンッと白銀が大きい姿になった。

「しろがね？」

「しょーがねぇから、乗せてやるよヒュー。俺にだったら一人で乗れるだろ？」

白銀は、お馬さんよりやや小さいぐらいの大きさになったけど、たぶん走るスピードはこの中で一番速いと思う。

パアーッと顔を輝かせて、兄様は「ありがとう。よろしくね」と白銀の背を撫でた。

……いいなーっ。

「ぼくも、しろがねに、のりたい」

兄様の問題が解決して、さあ出発と馬に乗ろうとした父様がぼくのおねだりにズッコケた。

えー、だって、ぼくも乗りたいよ、白銀の背中。

「レン。乗せてやりたいが……落ちそうだな……」

「白銀。僕が乗ってレンを抱っこしても無理かな？」

「うん？　うーん」

白銀は自信がないのか、しょっぱい顔をして悩んでいる。

「しょーがないわね！　アタシが協力するわ」

ぴょんと馬車の窓から飛び降りて、おすまし顔で紫紺がぼくの横にお座りした。

「しこん？」

「まずヒューが白銀に乗って、その前にレンが座って、ヒューはレンが落ちないようにちゃんと抱っこしてるのよ？　で、アタシがレンの前に乗って、二人が落ちないように風魔法で固定してあ・げ・る！」

「ガオッ！　お前も乗るのか？」

「なによ。アタシが乗ってあげるから、レンも乗れるのよ？　嫌なの？」

「ぐっ……、そ、それは……」

白銀は、チラッとぼくを見る。

ぼくは期待いっぱいのキラキラした「お願い」の目で、白銀を見つめる。ガクッと首を深く落として、消え入りそうな声で「わかった」と白銀が呟いた瞬間、ぼくと兄様と紫紺でハイタッチ！

こうして無事に、ブルーパドルに帰ることができました。

兄様は白銀に乗って移動している間、アリスターを睨んでは「絶対に馬に乗れるようになってやる」と呪文のように言い続けてたけどね。


「……んゆ」

昨日、流民の集落からブルーパドルの街に戻ってきてお風呂に入って、そのあとから記憶がない……どうやら爆睡していました。

びっくり！　ぼくってば昨日の晩ご飯、食べていません。なのに、いつもより遅い時間に起きたみたい。

目をこしこし擦って、ゆるゆるとした動作でベッドから起き上がります。

「んゆ……。しろがね、しこん、おあよー、ごじゃいましゅ」

んー、まだ眠いけど、お腹減った……かも。

「やっと起きたか、レン」

「おはよう、レン」

しゅたっと、ベッドに軽やかに飛び乗る二人。

そこへタイミングよく、兄様が部屋に入ってきた。

「おはよう、レン。やっと起きたね？　お腹が減っただろう？　ご飯を食べに行こう」

朝から爽やかですね？　兄様。

そして剣の稽古は、すでに終わったみたいですね。後ろに控えているアリスターが、死にそうな表情で立っています。

稽古の様子を深くは聞かずに、ぼくは黙ってメグに身支度を整えてもらいました。

朝ご飯をお祖父様とお祖母様、レイラ様と父様、兄様たちと食べます。

ユージーン様は今日も釣りに行っていて、プリシラお姉さんはみんなでご飯を食べるのはまだハードルが高いらしく、一人でお部屋で食事中です。

「とうたま？　だいじょーぶ？」

アリスターのボロボロ具合もひどいけど、父様はもっとひどいよ？　死相が出ているよ？

「ああ。大丈夫だよ。ちょっとプリシラのいた集落のことでね……父上とね……。そして戻ったらハーバードにも報告が……」

ああっ、父様がパンを千切ったまま口に運ばないで、遠くを見つめたままフリーズしちゃった。

そ、そんなに大変だったのかな？

瑠璃が悪い人たちにお仕置きしたことって、ダメなことだったのかな？

「いい、いい。気にするな、レン。聖獣瑠璃様がされたことは我々ブルーベル家にとっても、ブリリアント王国にとっても損はない。多少は根回しが必要じゃが、それをするのはハーバードの奴じゃ」

え？　じゃあ、父様はなんでそんなに魂抜けてるの？

「こやつは、帰ってハーバードの仕事を増やしたことでネチネチ嫌味を言われるのを、今からうんざりしているだけじゃ」

「まあ、ハーバードは嫌味なんて言いませんわよ、お義父様。ちょっーと、仕事を手伝ってもらうぐらいですわ。おほほほ」

気のせいか、段々父様の顔色が悪くなっていくような……。

「……とうたま、がんばれ！」

「……ありがと、レン」

その日は、ぼくと兄様とアリスター、護衛の騎士さんたちでブルーパドルの街の観光に行きました。レイラ様とお祖母様はプリシラお姉さんを連れて、初日のぼくたちみたいにお洋服屋さんに行ったみたいです。おおぅ、あのお店はいろいろとお二人の煩悩が爆発するから、プリシラお姉さん頑張って！

父様？　父様は笑顔のお祖父様に「これぐらいで消沈するとは鍛え方が足りないな！」と言われて騎士団の稽古場に引きずられていったよ……。

そして、その日の夕方……。

とうとうクラーケンを料理するときが来たのですっ！

お手々をよく洗ってエプロンをつけて、ぼくは背が低いから踏み台に乗って、準備完了！

ぼくと一緒にクッキングする、兄様も白いエプロンをつけています。

白銀と紫紺も料理にチャレンジするみたいで久しぶりに人化して手を洗って……、あーっ、白銀ってばちゃんとタオルで手を拭いてよ！　ブンブン振り回して乾燥させちゃダメです！

うーん……。

「メグ、リリ」

ぼくはメイドのメグとリリと内緒話。

こしょこしょ。

いい顔で口角を上げた二人は、さっそく油断している白銀と紫紺を捕まえる。

「ちょっ……、ちょっと！　何をするのよっ！」

「うわっ、イテッ！　痛いぞ？」

二人の長い髪を櫛《くし》でとかして、結ぶのです！　清潔第一だよ？　と諭したら、大人しくなってくれました。

紫紺はざっくりとした三つ編みにしてもらってサイドに下ろします。紫紺が自分で用意したエプロンがピンクなのは……黙ってスルーしよう。とっても似合っているけど、触れちゃダメなヤツ。

白銀は、いわゆるポニーテールにしてもらいました。着ている服も白シャツ黒ズボンで、クールな装いです。

うーん、白銀は白いギャルソンエプロンよりも……。

「しろがね、あのね……」

「ん？」

白銀は内緒話がしたいぼくに気づいて、体をかがめて耳を貸してくれる。

そこへ、こしょこしょ。

「なんだ、そんなことか？　変えられるぜ」

フッと白銀の姿が靄に包まれたあと、黒いギャルソンエプロンをした白銀が立っていました。

「かっこいいー！」

ぼくの賛辞に、ふふんと白銀は上機嫌になりました。

「さあ、クラーケンの足を出すわよ。この調理台ぐらいの大きさでいいかしら？」

お祖父様の屋敷の厨房《ちゅうぼう》にある調理台は、銀色でピッカピカでものすごく大きいよ。でも、クラーケンの足はもっと大きいもんね。

「適当な長さまで出してくれ。俺が切る！」

人化しているけど爪だけシャキーン！　と出して、白銀がクラーケンの足を切るようなデモンストレーションをしてみせる。

「じゃあ、ほいっ」

「よっしゃー！　ええいっ」

スパンッ！　ゴトンッ！

「「「おおーっ！」」」

ぼくたちと屋敷の料理人たちが、立派なクラーケンの足にどよめく。

さあ、これで美味しいタコ、じゃなかった、クラーケン料理を作ろう！

ぼくは、お祖父様の屋敷の料理長に頼んで大きなボウルと塩を用意してもらう。

「しろがね。これを……これぐらいに、きって」

「おうっ」

そして、またもや爪でスパン！　スパン！　クラーケンの足を切っていくけど……、白銀は包丁は使わないのかな？

白銀が適当な大きさに切ってくれたクラーケンの足を、ボウルに入れて塩をかけて、揉む！

「うひゅあああっ」

「うえええっ」

「ひいいっ」

なんか地獄絵図ですが、ぬめりを取っているだけですよ？　ぬめりのある海産物って他にもあるでしょ？

ぼくの不思議議顔にアリスターが苦悶《くもん》のムムムの顔で頑張っている。

「クラーケンの足を……触ることなんか、生きてて経験する奴はいないんだよっ」

文句を言ってボウルから顔を背けても、です！　ちゃんと手を動かす律儀なアリスターが大好き
ぼくは、手が小さいから兄様と一緒に揉み揉み。

途中、水で洗い流して、また塩をかけて、再び揉み揉み。

兄様の麗しい顔が、ずっと微妙に歪められています。

「しろがね、しこん！　さぼっちゃー、めー！」

二人ともぬめりが気持ち悪いらしく不参加だったけど、そんなことは許しません！

美味しいタコ料理、じゃない、クラーケン料理のために、頑張るのです！

ぬめりが取れたら、あとは料理長におまかせです！

「レン様。この具材を入れてパエリアを作ればよろしいのですね？」

「あい！」

あと、あと、タコのマリネ風サラダもお願いします。

うふふふ、楽しみだな。

あっ！　あと、疲れていた父様のために、アレも作ろう！

「「「アヒージョ？」」」

「あい。かんたん、できう！」

兄様と白銀と紫紺とアリスターで作りましょう！

「りょーりちょー、キノコとにんにく、オリーブオイル、くだしゃい」

調理台に並べられるそれらの材料を見て、ぼくはにんまりと笑いました。それを見ていた白銀が、「悪魔の微笑み」と言っていたけど、失礼な！

だって、お酒飲む人にはとっても美味しいおつまみだって、同じアパートに住んでいたオネエさんが教えてくれたんだよ。

他の料理の知識は、深夜のお料理番組でタコを使っているのを見てなんとなく覚えていました！

夜になり、今日の晩御飯はクラーケンの足が供されるということで、急遽庭《きゅうきょ》にテーブル

を用意してガーデンパーティーのようになりました。

セバスチャンが指揮をとり、テーブルセッティングや、飾りつけ、ランタンの灯《あか》りによ

るライティングなどを鮮やかに施してくれたんだ。

お庭を見ていると、わくわく楽しい気持ちになってきます！

「これで、出される料理がクラーケンじゃなければな……」

父様ったら、まだそんなこと言ってるの？

美味しいから大丈夫だよ。

ぼくたち、ちゃんと味見したよ？

「いやいや、クラーケンだぞ？　美味しいって……毒でもあるんじゃないのか……」

んっもう！　疑《うたぐ》り深いなぁーっ。

「レン、放っておけ。こやつは昔からこうじゃ。おい、ギル、口を開けろっ。ほれっ」

「なんで……んがぐうぅっ」

お祖父様が父様の口に、無理矢理パエリアをスプーンごと突っ込みました。

「んんんっ。……旨《うま》い」

そのあとは、父様はにっこにっこでクラーケン料理を食べてたよ。

美味しくてよかった！

ぼくも兄様とアリスターたちと、クラーケン料理以外もいろいろと食べて大騒ぎです。

あ、このクラーケンパーティーには、屋敷の使用人さんたちも騎士さんたちも参加していますよ。ちょっと離れた場所のガゼボに、レイラ様とプリシラお姉さんがいてご馳走《ちそう》を食べています。

ぼくは、父様たち大人組が食事よりもお酒を楽しみ始める頃に、料理長に頼んで「アヒージョ」を持ってきてもらいました。

「とうたま。じいじ。これ、にいたまたちと、つくったのー」

小さな器に入れられたキノコのオイル煮に見えるけど、しっかりクラーケンの足も入っています。父様とお祖父様、セバスチャンがフォークでツンツンとクラーケンを突っつく。

ぼくたち子ども組には、バゲットと果物が追加された。

「うむ、旨いな」

「おっ！　いいな」

「そうですね。お酒が進む味です」

「……セバス。ちょっとワインを二～三本、持ってきてくれ」

その日は夜遅くまで、宴会が続きましたとさ。

ぼくたちは、いつもの時間にお休みなさーい！


クラーケン料理をみんなで食べて騒いだ翌日。

ブルーパドルの辺境伯のお屋敷は、地獄絵図でした……。

て、どうしたのみんな？

ぼくが首をコテンと傾げていると、リリとメグは口を布で覆ってブルブルと頭を振って近づいてこないし、白銀と紫紺は、床に伏せたまま両前足で頭を押さえて、うんうん唸ってる。

あれれれ？

「放っておきなよ、レン。白銀と紫紺は二日酔い。たぶん父様たちもね。あとのみんなは、昨日のアヒージョを食べすぎてニンニク臭いんだよ」

「……」

え？　本当に？

ぼくは、クンクンと鼻でそこらへんの匂いを嗅ぎ回る。

「朝の稽古のときだって、騎士たちが二日酔いでヘロヘロだし、ちょっと動いたら気持ち悪いってうずくまる。挙句の果てには、口を開いたら臭いからって、掛け声ひとつマトモにかけられないんだよ？」

「ヒューは、バーニーさんたちに、ここぞとばかりにやり返していたじゃないか……」

「そんなことないよ。いつもの通りに稽古しただけだよ」

ニッコリ笑顔の兄様。

クンクン。ぼくと兄様とアリスターはそんなに臭わないよね？

「うーん、どうしよう……」

確かに、自分の限界を無視してお酒を飲んだ大人たちが悪いし、臭いのもニンニクの食べすぎだし……、でもなぁ、この大惨事の切っ掛けがぼくなんだよなぁ。

「ちる」

『なんだぁ？』

ぷぃ～んと、顔の前に飛んできてくれた小さな友達、水妖精のチル。

「みんな、げんきに、できう？」

『えーっ！　なおすのむり。ちょっとだけ、げんき。くさいのは、きれいにできる』

ふむ。二日酔いは改善することができて、臭いは消臭することができるってことかな？

「おねがい」

『ちぇっ、しょーがない。まりょくよこせ。あとチロもやるぞ！』

チロと呼びかけられたもう一人の水妖精は、兄様の肩に乗ってひと房兄様の金髪をしっかり摑んで、あっかんべーをした。

『いやよ。なんでワタシが、そんなこと。しかも、くさいじゃない！』

「ちろ、おねがい」

『……』

つーん、と横を向かれた。

ぼくのお願いは、無視されました。ちーん。

「チロ。僕からもお願いするよ。さすがに屋敷中が臭いと困るし、今日もレンたちとの予定があるのに、二日酔いの騎士じゃ護衛にならないからって外出禁止になったら……僕いやだな」

悲しそうに眉を寄せて兄様が言うと、チロは兄様の肩からポーンと飛び降りて、クルクルとスピンしてガバッと兄様の顔面に体ごとへばりつく。

『わかったわー！　ワタシがひゅーをたすけて、あげるぅー。いくわよっ、チル！』

そして、ビューッと部屋を横切って出ていってしまった。そのあとを、チルがふよふよと飛んでいく。

『まってよー』

チルとチロの大活躍で、ぼくたちは朝ご飯を食べたあとブルーパドルの街へと無事に遊びに行くことができました。

街に行って買い物して、屋台で買い食いして、たまに広場にいる大道芸を見たり、お歌を聞いたり、農夫さんのところで畑仕事を手伝ったり、牧場で牛の乳しぼりを経験したり。

魔道具屋さんや鍛冶屋さん、冒険者ギルドと商業ギルドに見学にも行きました。

海には、遊びに行ったり、お祖父様の案内で軍船を見せてもらったり、たまに瑠璃が遊びに来て海でサーフィンごっこをしたり。

あー、とっても楽しかった！

「ああ……、ここの街じゃダメだった……」

「そうね……、やっぱりブループールの街に戻らないとダメなのよ……」

白銀と紫紺の二人が、街に遊びに行く度にがっかりするんだけど……、どうしたの？

「へ？　きょうかい？」

「そうなのよ……。アタシたち、レンと一緒に教会に行くように頼まれていたのに……すっかり忘れていて」

「他の街の教会じゃダメなんだ。あの方の神気が宿るモノが奉納されている教会じゃないと、意味がないんだ。たぶん、ブループールの街の教会にはあると思うんだが……」

父様があっ！　て顔をした。

「あるぞあるぞ。ブループールの街の教会には、神様が手にしたとされる杖《つえ》が奉《まつ》られている。まぁ、真偽のほどはわからないが……」

「ぼく、そこにいくの？」

「そうよ。とりあえずブループールの街に戻ったら一緒に行きましょ」

「レンもあの方にご挨拶したいだろう？」

あの方……て、シエル様だよね？　神様とお話ってできるのかな？

でも、お礼は伝えたい！

「うん。ぼく、いきたいっ」

ブループールの街に帰ったら、父様と兄様が教会に連れていってくれることになりました。

「父様。ついでにアリスターと妹の魔力検査もしましょう」

「そうだな。二人はまだ検査していないだろう。よし、予約を入れておこう」

魔力検査ってなあに？

兄様が教えてくれたところによると、一〇歳前後になったら教会にある魔道具の水晶で、自分の保有魔力量と使える魔法属性の検査を受けることができるんだって。

ただし、属性は一生変わらないけど魔力量は経験で増減することがあるから、目安として考えなさいって。

「ぼくも……やりたいの」

好奇心丸出しでおねだりしたけど、父様はちょっと困った顔で「もう少し大きくなってからな」とぼくの頭を撫でて誤魔化した。

「むぅ」

「レン。小さいときに検査しても意味がないんだよ？　レンぐらいのときには、魔力量も魔法属性との相性もコロコロ変わるって言われてるんだ」

「しょうなの？」

「ああ。だから、だいたい固定される一〇歳くらいから検査するんだよ？　そのときまで、楽しみに待ってようね」

「……あい」

残念だけど、一〇歳になるまで待ってます。

そうして過ごしている日々は過ぎるのも早く、とうとうぼくたちは楽しいブループードルの街での滞在を終えて、ブループールの街に帰る日が来ました。

「にいたま……。ばしゃのかず……へんでしゅ」

ぼくの目には数台の馬車が……。

ぼくたちが乗っていく馬車と、レイラ様とプリシラお姉さんが乗る馬車と、使用人さんたちが乗る馬車が二台、あと二台は何が乗るの？

ちなみにユージーン様は馬に乗ります。兄様の目がギラギラと鈍く光り、馬に乗るユージーン様を睨んでいました。

「あれはね……。お祖母様とレイラ様が買った……お洋服だよ」

おおぅふ。あれか……。ぼくと兄様が初日に連れていかれたお洋服屋さんの戦利品。そして、追加でプリシラお姉さんの分も。

そうか……、馬車二台分になったのか……。

ちょっと遠い目をしかけたぼくの体が、ひょいと抱き上げられます。

「んゆ？」

「ははは！　レン。楽しかったか？」

「あい！　じいじ。ばあば。とってもたのしかったの！　ぼく、ここだーいしゅきなの！」

ぼくは、お祖父様にぎゅーっと抱きつく。

お祖母様が、優しく背中を撫でてくれる。

「また、遊びにいらっしゃい」

「ああ。待ってるぞ。ヒューもまた来いよ」

「はい。でもお祖父様もお祖母様も、たまにはブループールの街にお帰りください。待ってますよ」

「ああ、そうだな」

すりすりとぼくに頬ずりして、お祖父様は優しく下に下ろしてくれました。

「じいじ！　ばあば！　あしょびにきてね！」

ぴょんぴょんとその場で飛び跳ねて、アピールします。

二人はぼくの頭を撫でて、優しく微笑んで「またな」と送り出してくれました。二人の目元に滲む涙を見て、ぼくもぐっすん。

「ほら、レン笑って。またすぐに会えるよ？」

馬車の中で兄様に促されて、精いっぱい元気に手を振りました。

「ばいばーい！　またねー！」

お祖父様、お祖母様、セバス父、またね！

瑠璃も、またね！　約束だよ？

ほのぼの日記帳

　ブルーパドルの街から帰って翌日。

　また僕とレンは、馬車に揺られている。今日は父様と母様とセバスと一緒に、辺境伯邸に呼ばれていてその移動中なのだ。

　いつもニコニコと愛らしいレンが、上目遣いに窺うように父様と母様を見て、ふうっとため息をつく。

「母様。レンが気にしています。いい加減父様を許してあげてください」

「ヒュー……」

　父様、そんな情けない顔で僕を見ないでください。僕も機嫌は悪いんですよ？　母様と同じ気持ちです。

「ぶうっ。だって、今日は久しぶりにレンちゃんたちと街へカフェ巡りしようと楽しみにしていたのよ？　なのに、ギルがどうしても一緒に来てほしいって……」

　そして、母様は頬を膨らましたまま隣に座る父様の肩や腕を、ポカポカとかわいく殴る。

「すまない……。でもなぁ、ハーバードに報告するのに一人で行くのは、ちょっと……。あいつは前からレンと白銀と紫紺に会いたいって言ってたし。ヒューのことも心配してたし……」

つまり、一人で行くとブルーパドルの街で起きたあれやこれやに叔父様からネチネチ嫌味を言われるから、僕たちを連れていってお茶を濁したいってことですよね？

僕だって、今日は母様に負けず劣らず楽しみにしていたんですよ？

お祖母様に買っていただいた洋服を着て、街にお出かけして、カフェでスイーツを食べて、買い物をして、一日ずっーとレンと一緒に楽しもうと予定を立てていたのに。

こんなことに巻き込まれるなんて……。

「奥様。ヒューバート様。旦那様を許してあげてください。正直、私も皆さまと一緒で心強い思いです」

ちぇっ。

今回、情けない父様の味方になったのが、セバスだった。いつもなら、愚図る父様のお尻を叩いて一人で辺境伯邸に行かせるのに、今回はいやに父様に協力的だ。

たぶん、あの右の胸ポケットに仕舞われている手紙のせいだ。

ブルーパドルの街でお祖父様の執事、セバスチャンからの手紙を預かったのはレンだった。にこやかに笑って「息子に渡してください」とレンに手渡していた、一見なんでもない普通の手紙……だと思ったんだけど……。

レンが「はい」と、むふーっとお遣いが上手にできましたーっと、晴れやかな笑顔で渡した手紙を、セバスもニコニコと受け取っていたのに。

「しょれ、セバスしゃ……、セバスのとうたまからだよ！」

その言葉とともに、カチンと固まるセバス。ギギギと鈍い音がしそうな動きで、手紙からレンに視線を動かし、震える声で「ち……父からですか？」と呟き、ぐしゃっと手紙を握り潰した。

「はわわわっ！　てがみ！　セバス、てがみ！」

レンが慌てても、その場でしばらく立ち尽くしていたセバス。

あの手紙には、何が書いてあったんだろう？

そして、今日の同行を父様と一緒に申し出てきた。

セバスは父様には「至急、兄と相談したいことができました」と理由を伝えていたけど、顔色は悪かったよね？

そんな雰囲気が悪い馬車に揺られながらとうとう着いた、辺境伯邸。

しばらくハーバード叔父様だけだったのに、昨日からは久しぶりにレイラ様とユージーンがいるせいか屋敷が明るい雰囲気に見える。

セバスと似ている、セバスの兄、セバスティアゴが出迎えてくれて、屋敷の応接室まで案内してくれた。

彼は僕が自分の足で馬車を降りてレンの手を引いて問題なく歩いているのを、そっと見て嬉しそうに微笑んでくれた。

応接室には、ハーバード叔父様とレイラ様、ブルーパドルの街で知り合ったプリシラが座って先にお茶をしている。

「遅くなった」

「いや、時間どおりですよ、兄上」

ハーバード叔父様に促されて、対面のソファーに腰を下ろす。

僕は、レンと足元にお行儀よくお座りしている白銀と紫紺を叔父様に紹介した。

「レンでしゅ」

かわいくお辞儀するレンを、みんなで微笑ましく見守る。

ハーバード叔父様は神獣フェンリルと聖獣レオノワールである白銀と紫紺に膝を折り頭を下げ、ブルーベル辺境伯として歓迎の意を示した。

白銀と紫紺は適当にそれを流してしまうほど、テーブルのお菓子に目が釘《くぎ》付けだったけどね。

和やかなお茶の時間だったよ？

プリシラは今後は辺境伯邸に滞在させるとユージーンとの仲を誤解されるため、騎士団預かりとして使用人棟で生活するらしい。もちろん、本当の使用人ではなく客人として扱うが、対外的には隠すことにする。レイラ様が彼女の後見として面倒を見るが、母様にも協力してほしいと頼んできた。

なんでも、ハーバード叔父様とレイラ様はしばらくしたら王都へ出立するため、その不在の間は母様へお願いしたいとのことだった。

「いいわよ。女の子だなんて楽しみだわ。よろしくね、プリシラちゃん」

プリシラは、遠慮がちに頭をペコリと下げる。

「さて、レイラたちはこのまま休んでいてくれ。私と兄上は話がある。ねぇ、兄上？　人魚族のこととか、聖獣リヴァイアサンのこととか？」

「いやいや、ここでいいだろう？　なんでお前と二人で？　アンジェたちを連れてきた意味がないだろうっ！　あ、ああー、セバス、セバスも一緒に……」

「残念ですが私は兄に話があるのですよ、ギル」

「私に？」

「ええ……。父から手紙が来ました……。大変です、ティアゴ兄様。悪魔が来ます」

「なに？」

セバスとセバスティアゴは顔を真っ青にして、バタバタと慌ただしく部屋を出ていってしまった。

あんなに我を失ったセバスたちは見たことがない……。

一体、手紙に何が書かれていたんだ？　悪魔って何？

「さあさあ、兄上。執務室に行きますよ。たっぷり確認したいことがあるんですっ」

「や、やめろっ。離してくれっ。いーやーだー！」

こちらも襟首をハーバード叔父様に掴まれて、引きずられるように部屋を出ていった父様。

レンと顔を見合わせて、首を捻る。

これ、どうしたらいいんだろう？

「放っておきなさい、ヒュー。あの兄弟たちはあれで仲良しなんだから」

「本当に。ギルもセバスも兄弟愛が強くて羨ましいですわ」

「「でも、ヒューとレンは真似しちゃダメよ！」」

はい、わかりました。

僕はもっとわかりやすくレンをかわいがります！


おはようございます！

今日は朝ご飯の前に、久しぶりに剣のお稽古です！

でも、でもね？

今日はプリシラお姉さんと、アリスターの妹のキャロルちゃんと、父様が一緒なんですっ！

「なんでレンは、こんなに興奮しているんだ？」

白銀が器用にぼくの突進をふわさっと尻尾でいなしながら、紫紺に尋ねる。

「みんなと一緒に稽古ができて嬉しいんでしょ。このあとの騎士団見学とか」

そうです。

朝のお稽古が終わったら、兄様とアリスターも一緒に騎士団の食堂で朝ご飯を食べるんです。

母様が一人ぼっちでかわいそうだけど……、でもでも好奇心マックスのぼくは、楽しみでしょうがないの！

だから、お稽古にも気合が入るってもんでしょ？

そして繰り返される「てやー」「やー」「いちゃい」と力の抜けるぼくの掛け声に、副団長の生温い視線を感じるけれど無視です。

「やー！」

「おっと」

ふさふさ、ふさささーっ。

「てやーっ！」

「ほい」

ぷにっ。

「わーっ！」

「残念！」

ヒラリと避《よ》けられて、ポテンと転んで、べちゃと顔を地面に打ちつける。

「いちゃい……。いちゃ……。うえっ……いちゃいの……びえぇぇぇん！」

「しまった！　ごめんごめん。レン、悪かった！　ごめんって」

「何やってんのよ！　レン、大丈夫？」

紫紺のしなやかな尻尾に摑まって、なんとか立ち上がります。

「……ちゃい……」

ぐすぐす泣いてたら、キャロルちゃんが薬箱をうんしょうんしょと運んできて、擦り傷の手当をしてくれました。

そのあとは、大人しく兄様対アリスターとか、父様対マイルズ副団長の立ち合いを見学しました。

みんな、かっこよかったよ？

兄様の剣術は、流れるように舞うように繰り出される剣筋で、アリスターは粗削りな力技が多いって、大剣使いのアドルフさんが解説してくれました。

ちなみに、父様とマイじいは引き分けでした。

なんか、つい熱が入ってやり合ったら模擬剣が折れちゃったって。

すごいね？　刃は潰されているけど、分厚い刀身がポッキリ折れています。

「朝の稽古はここまで！」

父様の号令に全員一同礼をして、散開していきます。

「レン、お待たせ。食堂に行こうか？」

兄様の爽やかな笑顔はいつもと変わりませんが……汗がすごいですよ？

ぼくが拭きます。ふきふき……手が届かないーっ。兄様がちょっとかがんでくれました。

ふきふき。

アリスターもキャロルちゃんに汗を拭われているよ？

なんでかアリスターは、がっくしポーズだけど。

兄様がちょっとシニカルに笑って「体力不足だな」って言ってました。

いい汗をかいたあとは、みんなで食堂に移動します。

プリシラお姉さんは大勢に囲まれるとドキドキしちゃうから、わざわざ食堂の一角をパーテーションで区切ってある場所で食べるらしい。

ぼくたちが席に座ると、バーニーさんたち騎士さんが食事のトレイを運んできてくれました。

「ありがとー、ごじゃーましゅ」

ぼくは、ペコリとバーニーさんにお礼を言います。

プリシラお姉さんも小さな声で「ありがとうございます」と言ってるけど、聞こえたかな？　プリシラお姉さんも少しずつ人に慣れていこうね！

大丈夫、ぼくだって少しずつ慣れてきたもん！

「レン、本当に騎士たちと同じ食事でいいの？」

兄様が、心配そうにぼくを見ます。

……。

うわぉうっ！　まさしく騎士の食事って感じ。

それもダメなパターン……。

肉肉肉のオンパレードでした。

あ、白銀は大喜びだね？

チルが『うまくなさそう、きょうは、まりょくだけで、いい』と顔を顰めて、ぼくの指から勝手に魔力をちゅーちゅー吸っています。

騎士団の食事は、丸パンは籠に山盛りでお皿には大きなソーセージがデーンと二本、鶏《とり》肉の香草焼きがデデーンと鎮座して、ハンバーグ並みの大きさの肉団子がいくつも赤いソースに溺れています。そして、ちょろっとサラダ。

前世の感覚では……バランスが悪い食事なのでは？　と思う。

「ん？　多かったか？　料理人には少なめにオーダーしたはずだが？」

父様とマイじいが、自分たちの食事トレイを持ってやってきた。

念のため、プリシラお姉さんとは一番離れた席に座る。

その二人の食事量に、ぼくは目がテン。

え？　朝から肉しか食べないの？　しかもその肉の量が前世の大食いタレント並みの量……。

「とうたま……たべきれにゃいので、これあげましゅ。あと……これをこんぐりゃいにきって、こうして、こうしてくだしゃい」

ぼくは丸パンを上下に割ってもらい、ソーセージを三等分にしてもらった。パンの上にサラダから葉っぱを取って敷いて、パプリカっぽいのを細切りにしてもらって、櫛切りのトマトを薄切りにしてもらって、その上にソーセージ。肉団子の赤いソースをかけて、パンで挟みます。

ハンバーガーもどきにして、口を大きく開ける。

「いただきまーしゅ」

がぶり。

もきゅもきゅ。

うん、美味しい。

「どうちたの？」

みんなぼくを見て、食事の手が止まっているよ？

「レン……それは美味しいのか？」

「父様、そんなのレンの顔を見ればわかります！」

「俺も真似してみよう」

「あ、アリスター、とりさんでもいいの！　これにゃりゃ、こうして、こう！」

アリスターは、ぼくが教えたとおりに鶏肉を挟んだバーガーと、肉団子を薄切りにしたのを敷き詰めたバーガーを作ってかじりついた。

「んー！　んー！」

「アリスター、美味しいんだな？」

「ん！　ん！」

アリスターは、口にリスのように食べ物を詰めて、うんうんと頷く。

そのあとは、父様もマイじいも兄様もぼくの真似をして、プリシラお姉さんとキャロルちゃんも美味しそうにバーガーを食べていました。

白銀と紫紺の分も作ってあげたよ、兄様たちが。

チルが食べたそうにしていたので、ミニミニサイズのバーガーは、ぼくが作りました！

気がついたら食堂にいた騎士さんたちも、みんなバーガーにして食べていました。

あとで気がついてオロオロしちゃったんだけど、手掴みで食べるってお行儀悪かったかも……、えへへ、ごめんなさい。

おいしいバーガーを食べて、お腹がいっぱいになりました。けふっ。

騎士の皆さんは勿論、まだ大人になっていないアリスターや、細身の兄様も、お肉オンリーメニューをパクパク食べてましたよ。ぼくも大きくなりたかったら、いっぱい食べないとね！


食堂を出て、父様の案内で団長執務室、つまり父様のお仕事部屋に移動します。

ぼくは、兄様とお手々を繋いで歩きます。アリスターもキャロルちゃんと手を繋ごうとしたら、キャロルちゃんはプリシラお姉さんと手を繋いでテクテクと歩き出しました。

アリスターは寂しそうに口元を歪めて、ぼくたちの護衛に徹します。

でもぼくはわかっているの。

キャロルちゃんは、アリスターの護衛のお仕事を邪魔をしないように、プリシラお姉さんと手を繋いだんだよ？　キャロルちゃんも、今日はセバスからプリシラお姉さんのお世話を頼まれているから、自分のお仕事も優先したんだよね。

ふふふ。でもキャロルちゃんはアリスターと手を繋ぎたかったみたい。チラチラ、アリスターのほうを見ているもん。

微笑ましくてニコニコしていたら、プリシラお姉さんも同じことを思っていたのか、キャロルちゃんの様子を見て柔らかく微笑んでいる。

さて、着きましたブルーベル辺境伯騎士団団長室！　デッデーン！

なかなかに重厚な扉が目の前にそびえています。

思わず、握った兄様の手をぎゅっとしちゃった。

「さあ、ここだぞー」

呑気な声で、父様が扉を開ける。

ぼくの目に映る……その……惨状……、いわゆる腐海の森です。汚部屋です。

「わっ、父様……。なんですか？　この部屋は？」

兄様の眉間にシワが寄りました。

「え？　そうか？　ちょっと書類が多いけど……」

「ダメです！　我慢できませんっ！」

ビュンとぼくたちの前を通り過ぎて、執務室に真っ先に入ったのはキャロルちゃんでした！

ええっ？

キャロルちゃんはどこから出したのか箒《ほうき》を片手にいつのまに身につけたのかエプロンをして、そのポケットからは雑巾が顔を出していますけど？

そして、恐ろしいスピードでお部屋のお掃除を始めました。

「おいおい、キャロル。そんな勝手にギルバート様の許可もなしに……」

慌てて止めようとしたアリスターに向かって「兄ちゃんは黙ってて！」と鋭い声。

「ははは……。そんなにひどかったかな？」

「とうたま。ダメにゃのよ？」

ぼくは父様の前で両手を腰に当てて、「めっ！」しました。

しょぼーんと父様が落ち込んでいると、ぼくたちの後ろから足音が聞こえてきます。

「どうされたのですか、ギル様？」

スーパー執事のセバス登場です！

「ああ……セバス。父様の執務室を見学しようと思ったのだが、部屋がそのう……片付いてなくて……それを見たキャロルが、絶賛掃除中なんだ」

「部屋が？」

あ、なんかセバスの目がキラリーンと光ったような気がする。

「どういうことです？」

「ちがっ！　俺が悪いんじゃないっ。お前が忙しいとか言って、しばらく執務室に来なかったからだろー！　俺が整理整頓できると思ってんのか！」

おおーっ、これが逆ギレですね？

兄様も「父様の真似をしちゃダメだよ？」とぼくに諭してきます。

その後、セバスとキャロルちゃんのスペシャルコンビのお掃除で、あっという間にお部屋が綺麗になりました。父様は、書類の束が幾つもタワーのようになっている机に、泣きそうな顔で向かっています。セバスは隣に立って頭に角を立てて見張ってますよ。

「なぜ、こんなに溜めたんですか？　これ、今日中に確かめてサインしてもらいますからね！」

「えーっ、今日はヒューとレンと騎士団の見学……」

「却下です！」

厳しいね、セバス。

お仕事モード、しかもハードモードになった父様を置いて、ぼくたちはそっと移動しました。

「とうたま、がんばって！」

「ふわあぁぁーい」

あ、これダメなやつだ……。

父様たちを執務室に残してぼくたちは、騎士さんたちの武器や防具を直す鍛冶屋さんみたいな場所と、医療室と、休憩室みたいな場所を見学しました。

「ヒュー、あとはどうする？　どこか案内したいところはあるか？」

「うーん。さすがに女性がいるのに寮に連れていくことはできないし……」

朝食が終わった騎士さんたちは、街の見回り組と、森に出て魔獣の監視討伐組と、辺境伯邸の護衛組、全て一日交代制に分かれてお仕事しているはずです。

騎士さんたちの中には、戦うタイプの人と文官タイプの人がいるので、騎士団本部で事務仕事している人も沢山いるんだよ。

でも、子どもが事務仕事の見学に行ったら、邪魔だもんね。

みんなで「うーん」と考えていると、相変わらず寝ぐせを派手につけたクライヴさんが通りがかった。

「お！　ちょうどよかった、ヒュー。馬番に聞いたが例の馬が届いたらしいぞ。厩《うまや》に行ってみな」

「わかりました！　ありがとうございます」

ぺこっと兄様が頭を下げ、上げた顔は満面の笑顔だった。

ぼくは、無口なクライヴさんが珍しくいっぱい喋ったことに、びっくりしました。

「ヒュー、嬉しそうだな」

バンバンと兄様の背中を、やや強めに叩くアリスターはニヤニヤと笑っている。

「ああ！　やっとだ！」

ぼくたちは、兄様がこれから乗る馬に会うために厩へと向かった。

俺の目の前で普段はクールな態度を崩さないヒューが喜色満面の笑みを浮かべている。

やっとヒューに馬が与えられる。

これで、俺に対する当たりが、少しでも優しくなってほしい。

俺は両親が冒険者だったおかげで、乗馬はガキの頃から習っていた。正直、馬の扱いは得意だ。ヒューは俺と会う前は、足を怪我していて歩けなかったそうだ。そのせいで、乗馬の訓練ができなかった……らしい。

いずれは訓練するつもりだったのだろうが、あいつの溺愛する弟が他の奴らの馬に相乗りしたせいで、状況が変わった。

別にいいじゃねぇかっ！　レンを馬に乗せて移動したって！　そりゃ、お前は乗れないけど、どうせそのうちに乗れるようになるだろ？

そのときにいっぱい乗せればいいじゃねぇかっ！

睨むな！　脅すな！　呪うなっ！

はーはー、どんだけ、弟が大好きなんだ？

しかし、騎士団の厩で見た自分の馬に、ピキーンと固まるヒューに俺は怪訝に思い眉を顰めた。

何が不満なんだ？

確か、副団長の伝手で、魔馬と軍馬の間にできた優秀な馬らしいぞ？

「……小さい」

うん？　確かに成長途中の馬だけどすぐにデカくなるだろう？

「……白い」

綺麗な毛並みだぞ？　艶々だしな？　しかも、ただの白馬じゃない、白いというより、銀色が交じっていて輝く色合いだ。

馬を見てから、わかりやすくヒューは気落ちした。

その雰囲気が馬にも伝わったのか、戸惑い・困惑・悲しみの気配がその美馬を包んでいく。

キャロルやプリシラも微妙な空気がわかるのか、ずっと黙っていた。

そこへ、馬を見て興奮したレンがやってきた。

「うわーっ！　キレイなおうましゃん。まっしろでしゅ！　おめめもピカピカで、きれー。ぼく、ぼく、レンでしゅ！　よろちく」

タタタッと馬に駆け寄り、馬の前でぴょんぴょん飛び跳ねて自己紹介するレンの姿にホッと安心する奴と慌て出す奴がいる。

馬は繊細な動物だから、いきなりレンのその行動は……。

俺が慌ててレンをやめようとすると、レンの両隣にいる白銀様と紫紺様が馬に低く唸るのが聞こえた。

途端、いななくのをやめて大人しく頭を下げる馬。

さすが、神獣様と聖獣様だ。

「……きれい？」

「あいっ。にいたまのうましゃん、きれー。にいたまがのったら、もっときれー！」

両手を口に添えて、くふふとかわいらしく笑うレンにヒューの顔も柔らかく解ける。

「そうだね。綺麗だね。早くレンを乗せられるように練習頑張るよ。お前も一緒に頑張ってくれるかい？」

ヒューが優しく馬の鼻面を撫でると、「ヒン」と短くいないた。

よかった……。俺は胸を撫で下ろしたのだった。


うぅ～ん、眠いよ……。ぐう。

今日はいつもより朝早く起こされて、お祖母様に買ってもらったお洋服を着て、馬車に乗ってお出かけです。

どこへ？　街の教会へ、です。

プリシラお姉さんとアリスター兄妹《きょうだい》の魔力検査の日なのですよ！

そして、白銀と紫紺と一緒に、シエル様にご挨拶する日でもあるのです！　むふっー。

昨日の夜、騎士団の見学ではしゃいだから、ちょっと興奮しすぎて眠れなくて……寝不足気味なぼく。

馬車の移動中……眠っちゃいました。ぐうっ。

馬車は父様と兄様とぼくと白銀と紫紺。もう一台に母様とプリシラお姉さんとキャロルちゃんが乗っています。護衛はいつものアドルフさんたち。

え？　アリスターがいないって？　アリスターは、ぼくの乗っている馬車の駆者席《ぎよしや》にいます。

馬に乗っていこうとしたら兄様の絶対零度の微笑みに負けて、駆者さんにお願いして相席してるんだって。

ぼくには、よくわかんないけど。

「さあ、ここからは馬車を降りて歩いていくぞ」

「あい」

ぼくは歩かないよ？　父様が抱っこして運んでくれるから。

ぼく歩けるよ？　迷子になりそう？　白銀たちがいるから大丈夫だよ？　癒してほしい？

はい、わかりました。

父様はぼくを抱っこしてご満悦。頬をスリスリ。そんなに疲れていたのかな？

みんなでゆっくり歩いて数分、白い綺麗な建物が見えてきました。

「うん。あの教会なら大丈夫そうね」

「ああ、あの方の力の余波を感じる」

周りにいる人たちにバレないように、コソコソと話す白銀たち。

どうやら、あの教会は合格だったらしいです。

大きな両扉を開いて中に入ると、前世の教会と同じく色硝子《ガラス》に飾られた窓から柔らかく日の光が注ぐ室内には、参拝者用の席が並べられた奥に祭壇があり、白く輝く神様の像が鎮座していた。

「ふわわぁぁっ！」

厳かな空気の中にも、暖かな何かに満ちた空間。

ぼくは、知っている……この雰囲気。

「……シエルしゃま」

ぼくの小さな呟きは、誰の耳にも届かなかった。


神官に案内された魔力検査用の部屋は、こぢんまりとした部屋で素朴な机と椅子があるだけだった。

その机の上には、本のような四角い物が置いてある。

「今日は、うちで預かることになったプリシラと、騎士見習いのアリスター、メイド見習いのキャロルの検査を頼む」

「はい」

検査役としてぼくたちの前に立つのは、白いお髭が立派な神官さん。

「失礼ながら、ギルバート様。そのう、ご子息のヒューバート様も魔力検査を受けられては？」

「ヒューは一〇歳のときに一度受けたが？」

「……言いにくいのですが、ヒューバート様が以前受けられたときは、お体の調子が万全ではなく……その、呪いの影響が……」

確かに、兄様が魔力検査を受けたときは、足が動かないときで呪いに侵されていた。だから、正しい検査結果が出なかったと疑っているのかな？

「実は、アンジェリカ様の解呪を行ったときに、念のため前後に魔力検査を行ったのですが、大分結果に違いが出まして。今、ヒューバート様を検査したならば、数値が変わる可能性もあるかと」

髭の神官さんの額に汗が……。別に神官さんたちのミスじゃないのにね？　だって呪いのせいなんでしょ？

「どうする、ヒュー？」

「……僕は、受けても構いませんよ」

「そうか。ではヒューバートも頼む」

「はい」

そして、四人が机の上の四角い板に手を当てていく。

ぼくもひょいと父様の腕から身を乗り出して、四人の手元を覗き見た。

四角い板の半面は、水晶のような透明な硝子？　になっていて、そこに手を当てているんだ。もう半面は木面で、不思議なことに字が次々に浮かび上がっていく。

髭の神官さんは、紙を一枚手に取ると、木面に当てて字を写し取っているみたい。

不思議だなーっ。

父様の説明によると魔力量と魔力属性がわかる検査で、魔力量は平民だと数百ポイント、貴族だと一〇〇〇～三〇〇〇ポイントぐらい。

属性はだいたい一つか二つ。

属性とは別に生活魔法といわれる魔法は、みんなが使える魔法なんだって。

おおーっ！　じゃあぼくも生活魔法ができるようになるんだ！　楽しみだなーっ！

ちなみに、父様は魔力量が八〇〇〇ちょい、母様は五〇〇〇強、魔力量がとっても多い部類に入る。

「にいたまは？」

「ん？　僕は魔力量が六〇〇〇後半で、属性が風・土……あと水だった」

「水属性？　ヒューは風と土だけだったろう？」

「増えました」

兄様はあっさりそう言ったが、神官さんはパニック状態でオタオタしているよ？　髭の神官さんの心臓が心配です。

「たぶん……チロの影響か、と」

こそっと教えてくれる兄様。

そうか、チロと契約したから本来使えなかった水属性の魔法が使えるようになったんだ。

「プリシラおねえしゃんは？」

「……五〇〇〇とちょっと。属性は水と風と光……だった」

おおーっ！　人魚族だもんね？　水属性は持っていて当たり前、だよね？

「アリスターとキャロルちゃんは？」

「うん、キャロルが八〇〇ぐらいで、属性は火。俺が二〇〇〇ちょいで、属性は火……と、文字が読めん」

アリスターがほれっと、検査結果を写した紙を見せるので、みんなで見てみる。

『&ｙｐｅ&』

「なんだろうな？　検査魔道具のミスかな？」

読めない文字が浮かび上がることなんて、聞いたことがないそうだ。だから神官さんは大慌てなんだね？

属性が増えることはないのに、兄様に水属性が生えた。アリスターは文字化けして読めない属性？　が表記された。

「あとは、神官たちに任せよう」

父様は、神官さんが出入りする検査室からさっさと出て、予約していた祈禱《きとう》室へと向かう。

とうとう、シエル様とご対面だーっ！

汗を拭き拭きパニック状態の別の神官さんを父様が捕まえて、祈禱室へと案内してもらいます。

こちらもこぢんまりとした白い部屋で、窓は色硝子、ステンドグラスになっていました。

「んゆ？　るり？」

そのステンドグラスに描かれていたのは、聖獣リヴァイアサン……に見えるよ。

「ああ、そうだよ。この教会の祈禱室に飾られたステンドグラスは、神獣様や聖獣様が描かれているんだ。レンが聖獣リヴァイアサン様と友達になったと聞いたから、この部屋を予約したんだよ」

「うれちい！　とうたま、ありがと」

むむ？　ということは、神獣フェンリルと聖獣レオノワールが描かれた部屋もあるのかな？

いつか、見てみたいなー！

白銀と紫紺は、瑠璃の姿が描かれたステンドグラスを不思議そうに見ていた。

いつか、二人のステンドグラスも見ようね。

「さあ、レン。お祈りしよう」

「あい！」

ここにも神様の像が、祀《まつ》られている。

正面の椅子にぼくを下ろした父様は、ひょいひょいと白銀と紫紺も椅子の上に上げる。

父様たちは、ぼくの後ろの席に座るみたいだ。

「僕は、レンを僕の弟にしてくださったことのお礼を」

「俺も家族になったお礼だな」

「あら、母様もよ？」

そんな、ぼくの家族の声を嬉しく聞きながら、静かに手を合わせ……。

「ちょっ、ちょっと、レン。ちゃんと座りなよ？」

兄様がぼくの体を後ろから抱き上げる。

「？　なんで？」

ぼくのお祈りスタイルは、正座してお手々をこう合わせるんだけど……違うの？

「普通に座りなさい、レン」

「あい」

ぼくは足を下ろして座り、今度はみんなの真似をして指を組んで目を閉じた。

「シエルしゃま……」


閉じた目をパチッと開けると、いつかの空間、真っ白いお部屋にぼくたちはいた。

そして、ぼくを見て泣きそうに顔をくしゃって歪めたシエル様が、両手を広げてぼくに突進してくる。

「レーンーくーん、待ってたよー！」

シエル様にぎゅむぎゅむと抱きしめられて、うう……くるちい。

「「はなせ」」

白銀と紫紺がシエル様を力尽くで引き剝がしてくれた。

「アイタ！　ひどいなー、君たち。僕……神様だよ？」

尻餅ついたシエル様が、恨めしい顔で白銀と紫紺を睨む。

そこへ、ぼくが大変お世話になった狐《きつね》の神使さんたちがわらわらと出てきて、テーブルや椅子をセッテングして、お茶とお菓子を出してくれました。

ぼくはちょこんと椅子に座って、さっそくお菓子に手を伸ばす。

白銀と紫紺は初めて会ったときに見た大型バイクぐらいの大きさになって、ぼくの両隣りに侍《はべ》る。

ぼくがお菓子を食べて、白銀のお口にお菓子を入れて、次は紫紺のお口にお菓子を入れて……を繰り返します。

「もう、すっかり仲良しだね。よかったよかった」

ニコニコのシエル様。

「よかったじゃないわよっ。レンの周りでトラブルばっかりなんですけど？　レンの保護者ってヒューたち家族じゃなかったの？」

「そうだな……。レンの周りで不穏なことばかり起きる。命の危険もあったし……。ちゃんと仕事してんのか？」

「ひ、ひどいっ！　僕はちゃんと仕事してますぅ。大体、レン君と合流したらすぐに教会に来るように、お願いしたじゃないかっ！」

シエル様の半泣き状態の訴えに、二人は揃ってあさっての方へ顔を背ける。

「教会に来たら、ヒューくんの呪いの解呪と怪我の治癒をするつもりだったの！　僕が直接施すわけにはいかないから一旦君たちに力を譲渡して、それから治してもらうつもりだったの！」

「そ……それは……」

「なのにっ、教会に来ないから二人して誘拐されちゃったんだよ？　呪われていたことがわかれば、ブルーベル家の粛清ももっと水面下で行うことができたのにぃ」

シエル様は不服そうにぶうっと頬を膨らませる。

そして、両手でお菓子を摑んで口に放り込み、むしゃむしゃと咀嚼した。

「あとのトラブルは僕のせいじゃないよ。……レンくんが、危ないことに首を突っ込みがちだから……」

んゆ？

後半はシエル様の声が小さくて、よく聞こえなかったよ？

でも白銀と紫紺が、まさに神様の言うとおりとばかりに何度も頷いてるんだけど？

「あとあと、教会に来てくれたら加護も付けられるし、能力についての説明もできるし……」

シエル様は口の中のお菓子を、ゴックンと飲み込んで一気に話し出す。

「あのねレンくん。君にはこの世界で、のびのびと生きていけるように沢山の能力を与えてあるんだ。でも幼いときにその力を行使すると体に負担がかかるから、大きくなったら使えるように封印してあるんだ」

「……、まほー、つかえりゅ？」

「うん。使えるようになるよ！」

「よかったー！　ありがと、シエルしゃま」

ぼくは、シエル様にいっぱいいっぱいお礼を言いました。

家族のこともお話ししたし、お友達のこともお話ししたし、アースホープ領のこと、ブルーパドルの街のことも、いっぱいいっぱいいっぱいお話ししました！

シエル様は、ちゃんとひとつひとつ大切にぼくのお話を聞いてくれたよ。

とっても楽しくて嬉しくてそんな宝物の時間があっという間に過ぎていって、とうとうお別れの時間になっちゃった。

「また、会えるよ？　この街と王都といくつかの教会には、僕と繋がるモノがあるから」

「あい……。あい、また、あう……あいにきましゅ……」

「うん。待ってるから。レンくん、お友達いっぱいつくってね！　またお話聞かせてね！」

「あい！」

段々とシエル様の姿が薄れていって、眩しい光に包まれて……。

目を開けると、祈禱室の神様の像が微笑んでいるように見えました。

レンの姿が、白い部屋に溶け込むようにスウーッと消えていく。ヒューたち家族の待つところへ戻ったのだろう。

俺と紫紺は、まだ神様であるこの方に聞きたいことやお願いしたいことがあるから、神界に残った。

「もう、そんな怖い顔をしないでよっ！」

「……貴方はレンに何を望んでおられるのか？」

「あんな小さい子に、世界の選択を任せたんじゃないでしょうね？」

紫紺も俺と同じ疑問を持っていたみたいだな……。

「ええーっ！　誤解だよ、誤解！　あ、ああー……レンくんがリヴァイアサン、瑠璃だっけ？　瑠璃と契約したからそう思ったのかい？」

俺たちは揃って頷く。

「んもうっ！　それは偶然だよ？　まさかレンくんが海に飛び込むとは思わないじゃないか。単純に助けを求めたのが瑠璃だったんだよ。契約については……レンくんがかわいくてみんなから大人気としか言えないよ？」

別に僕は特別な魅了の力を授けた覚えはないよ……とぶつぶつ文句を言う。

「でも、アタシたち全員と契約させようとか思ってるんじゃないの？」

「まさかまさか。僕はねぇ、あっちの世界で不憫《ふびん》だったレンくんに、僕の世界で幸せにほのぼの過ごしてほしいの！　だから使命とか与えてないし、試練を与えるつもりないし……」

俺たち以外の他の神獣と聖獣と契約させるつもりはないのか？

てっきり、この方は俺たちを結びつけて在りし日の約定を守らせるつもりか、と疑っていたのだが？

「だいたい、レンくんの保護を求めて全員に断られているんだよ？　こっちが頼み込んで脅してようやく白銀と紫紺が保護してくれたレンくんを、他の子たちに会わせて意地悪されたら、かわいそうじゃないか……」

しょんぼりしてしまったこの方に、何も言えなくなる俺。

そういえば、最初に話を持ってきたときに、威嚇してほとんど真面目に話を聞かなかったな……俺。

隣を見ると、紫紺も「そういえば……」みたいな顔をしている。

「ただ、レンくんが無条件で転生するのに心苦しそうだったから、テキトーに言っただけだよ」

「なんて？」

「みんなと友達になってねー、て。そこに神獣聖獣となんて文言は入ってません！　友達になるのは人族はもちろん獣人とか亜人族でもいいし、精霊妖精ドンとこいっ！　て感じ」

はあーっ、と脱力する俺たち。

この方は相変わらず……とんでもなく呆けた方だ……。

「じゃあ、たまたまレンの周りに、いろんな種族が集まるだけなのね……」

「うーん、僕が作った体だから、多少は巡り合わせはいいかも……。でも特に他の子たちに会うように仕組んではないよ？　下手なことして怒られたら怖いじゃないか！　君たちはすぐに怒るから……」

「怒るようなことするからだろうが……」

俺はブルッと体を震わせて、尻尾をふさりと大きく振る。

「まだよ白銀。アタシたちの力のことを確認しなきゃ」

おっと、そうだった。

レンの傍に早く戻りたいが、失われた自分の力を戻してもらわなければならない。

「大丈夫だよ。向こうとこちらの時間の流れを止めているから。レンくんは君たちと離れているのに気づかないよ」

「俺たちがすぐに戻りたいんだ」

ふふふと笑うあの方は、俺たちのレンに対する態度に至極満足しているようだった。

「アタシたち……使えない力があるんだけど、失った力を取り戻すことはできるかしら？」

んんーっ？　と俺と紫紺の体を上下左右に眺める。

「失ってはいないよ？　確かに使える力にムラがあるみたいだけど。気持ちの問題かな？　あんなことがあって、自分たちの全力を解放することに恐怖や罪悪感があるんだね……」

全力を解放するのに戸惑う自分の心……。

「僕から力の解放を促すようにするけど、自分で必要だと思わないと難しいかも……。レンくんを守るのに力を求める意識を持つことが大事だよ？」

ほいっ！　と軽い掛け声で俺たちに神力を流す。

「なるべく、使えない力を使おうと練習してね」

神獣様である俺が……いまさら練習するのか……。

しかし、レンのためだと思えば、できるかな？

本当に目を離すと、何かトラブルに巻き込まれていそうで怖いんだよ、あいつは。

タシッと紫紺の前足が、俺の肩に乗せられる。

「頑張りましょう」

「ああ……」

そうして、目的を達成した俺たちは、レンの元へと戻るのだった。

「じゃあねー！　また来てねー！　レンくんのことお願いねー！」

ぶんぶんと神様に手を振られ見送られながら。


ブルーパドルの街から帰ってきて、辺境伯様にお会いして、騎士団の施設を見学して、教会に行って、他にも街でお買い物したり、兄様の乗馬の練習を見守ったり……。

毎日、毎日、楽しくて目まぐるしく過ぎ去っていくようだったなぁ。

兄様のベッドに潜り込んで、幸せに眠っていたぼく。

夢の中で、誰かに呼ばれている気がするの？

どこ？　だあれ？

夢の中で真っ白い空間をなんとなくぽてぽて歩き続けると、ぼんやり霞《かす》む誰かがぼくを待っていた。

深い緑色の髪をゆるく三つ編みにして左胸に垂らして、着物みたいなズルズルした服を腰の飾り紐で縛って、穏やかな青い瞳を細めて、ぼくを愛おしげに見る、瑠璃だった。

「るり？」

ここはぼくが見ている夢のはずなのに……、かなりリアルな瑠璃が立っているんだけど？

どうして？

「ははは。ここはレンの夢の中じゃよ。渡した儂の鱗のおかげで、こうして夢の中で会えるのじゃ」

瑠璃にもらった鱗って……、このペンダントのことだよね。

じゃあ、ここにいる瑠璃は本物なんだ！

ぼくは嬉しくなって、跳ねるように走って瑠璃の足にポスンと飛びつく。

「るーりー！　あのね、あのね！」

ブルーベルの街に戻ってきてからのこと、シエル様に会ったことを瑠璃に話して聞かせていく。

「そうか、そうか、よかったのう」

胡坐をかいた足の上にぼくの体を乗せて、ゆらゆらと体を揺らしながら話を聞いてくれる瑠璃に嬉しくてくふふ笑っちゃう。

「やっとシエル様に会えたか、よかったのぅ。あの方も安心したじゃろう」

「んー、なんかぼくに、たくしゃん、ちからをくれたみたい。でもおおきくなるまで、おあじゅけ」

　この世界でも安全に暮らしていけるように強い力を与えてくれたらしいけど、確認はできないんだよね。魔力検査もまだできないし、ステータスオープンとか呟いても何も起こらなかったし。大きくなるまで力は封印されているから、今はお預け状態なのだ。

「ふむ。鑑定のスキルを持つ者ならば、レンの能力がわかるかもな。ただ、かなり優秀な者でないと、あの方の施した隠蔽を見破ることはできんのぅ」

　隠蔽？

「レンの力を悪い奴らに悪用されないように、隠してあるのじゃよ。だが、スキル能力の高い者なら看破することもできるじゃろ」

「むーっ。しろがねは？　しこん？」

「あ奴らは、今は失った能力を取り戻すので精いっぱいじゃ。儂も鑑定は持っとらんし」

　うーん、じゃあやっぱり大きくなるまで待ってなきゃダメなのかな？

　あとあと、加護もプレゼントしてくれたよっ！

「運よく他の神獣と聖獣に会えれば鑑定スキルを持っている奴もおるじゃろ。加護はちゃんと『創造神の愛し子』が付いとるようじゃぞ？」

「んゆ？」

　ぼくは首を傾げる。

それって、どんな加護なの？

「うん？　そうじゃな、力がちょっと強くなって、病気にかからなくなって、いいことが起きやすくなるぞ」

「……ラッキーてこと？」

「そうじゃな。らっきー！　てことじゃ」

くふふ。あははは。

そのあとも瑠璃と夢の中で、いろんなお話をしたよ。

プリシラお姉さんにベリーズ侯爵家からお手紙が届いたんだけど、海王国から届けに来た水の上位精霊さんがチルとチロを見てびっくりしていたとか。

ブループールの街にも、人魚族の人が住んでいるぞ、もしかしたら騎士団にいるかもな？ていう情報とか。

ぼくが夢の中なのに、瑠璃の足の上でこっくりこっくり眠るまで、ずーっとお話していたの……。


「レン、寝てしまったか？」

足の上のレンの重みを愛しく思い、ぎゅっと抱きしめた。

柔らかくて、甘い菓子の匂いがする。

毎日、夢渡りをしてこうして言葉を交わしたいが、さすがにレンの負担になるだろう。

残念だが、月に二〜三回ぐらいにしよう。

頭を撫でながらレンがヒューバートの隣で目を覚ますまで、聖獣リヴァイアサンは創造神の愛し子を愛《め》でていた。

【特別書き下ろし】ブルーベル家のにぎやかな栗拾い

ぼくが創造神シエル様の優しさで異世界「カラーズ」に転生？　転移して、いくつ季節が変わったのだろう。

新しい家族ができて、春にはお花がいっぱい飾られたお祭りを楽しんで、夏には海にお出かけして、そしてお友達も増えていったんだ。

新しい毎日、楽しい出来事にウキウキワクワク。

今日はどんな一日になるんだろう。

「んゆ？」

朝、家族みんなでご飯を食べていたら、ニッコニコの母様がじゃじゃーんと長くて細いトングを手に掲げ出した。

「なんだ、アンジェ？」

食後のコーヒーをゆっくり飲んでいた父様は怪訝な顔だし、兄様もコテンと首を傾げている。

セバスだけは母様の奇行に動じることなく、汚れた白銀の口元をタオルで拭き拭きしていた。

「ふふーん。アースホープ領のお父様からお手紙が来てね。どうやら今年は果物が豊作で、収穫の手が足りないみたいなの」

「……？　だから？」

「だからね、私たちに手伝ってもらえないかって。ギル、子どもたちを連れて果物狩りに行きましょう！」

「くだもの狩り？」

聞き慣れない言葉に父様も首を捻りました。

「実った果物などを収穫するのを、狩ると表現したのでしょう。しかし、奥様。少々危険があるのでは？」

チラッとぼくのことを見た？　今、セバスってば、ぼくのことをチラッと見たよね？

んゅ？　でも果物って高い木に実が生《な》るんだっけ？　背が低いぼくだと何か足場がないと実がもげないと思う。

そして、高い場所で作業するのにぼくの小さい体では少々危険があるような？

「あぶないの」

「うーん。ヒューは大丈夫かもしれないが、レンはちょっと参加できないと思うぞ」

父様もぼくを心配してちょっと渋り顔です。

「それも大丈夫よ！　確かに高い木に生った実を取るのはレンちゃんにはちょっと難しいけど、これだったらレンちゃんだって完璧よ！」

そして、母様は右手を高く上げて、手にしたトングをカチカチと鳴らした。

「母様。それはいったい？」

「んっふふふ。これは秘密兵器よ。これを使えば、レンちゃんは栗拾《くり》いマスターにだってなれるのよ！」

「ふおおおおっ」

す、すっごい！　あのトングでぼくは栗拾いマスターになれるんだぁぁぁっ！　て栗拾い？

「かあたま、くり？」

「そうよ。栗を拾うのよ。栗は木に生っているのはまだ早くて、下に落ちたのを拾って焼いたりして食べるの」

「アンジェ。確かに栗拾いならレンが高いところから落ちることはないが、あれだろう？　栗ってイガ栗だろう？　トゲが危なくないか？」

「だから、この秘密兵器があるんじゃないの」

母様はトングに頬ずりするように顔を寄せてうっとりとしている。

「レン。大丈夫だよ。僕と一緒に栗拾いをしようね」

兄様のニッコリに負けないようにぼくもニッコリと笑って「あい！」と返事した。

栗拾い楽しみだなぁ。

このときのぼくの頭の中は、栗で作るあらゆるスイーツで埋め尽くされていたのだった。

「くりってなんだ？　どんな木の実だ？」

「やあね、知らないの？　ほら秋になると木の下に黒いトゲトゲしたのが落ちてるでしょ？　あの中に入ってる木の実よ」

「……固くてまずいじゃねぇか」

「さあ、人はあれをおいしくできるんじゃないの？　アンジェの蕩《とろ》けた顔を見てみなさい」

「……うん、いっぱい取ろう！」

「アンタ、話聞いてた？　取るんじゃなくて拾うのよ」


またまた家族でお出かけ、嬉しいな。

ふんふーんと鼻歌を歌いながら準備して待つこと一日、そう、母様からお話聞いて翌日には出発なのです！

もともとアースホープ領までとっても近いのと、今回は栗拾いをしたら拾った栗を分けてもらってブループールの街へ戻ってくる日帰り旅行になるから、準備が簡単に済ませられたそうです。

そして一緒に栗拾いをするメンバーは、兄様と父様と母様。アリスターとセバスとリリとメグ。護衛としてアドルフさんたち騎士数名。

今回はもっと仲良くなろう作戦としてプリシラお姉さんも参加してもらうので、そのフォロー役としてキャロルちゃんも参加です。

馬車にはぼくたち男性組ともう一台に母様たち女性組に分かれています。

母様と離れちゃったから、父様はちょっとしょんぼりしているの？

「そ、そんなことはないぞ。あー、楽しみだな、栗拾い。なっ、ヒュー」

父様は向かいに座る兄様の足をバシバシ叩いて同意を求めたけど、兄様はしょっぱい顔をして「あーはいはい」と適当にお返事してました。

兄様は馬車の窓から外を覗いて、ムッと顔を顰めていて、ちょっとご機嫌ナナメなの。

馬で馬車と並走していたアリスターがギョッと驚いた顔をしてこちらを見ているので、ヒラヒラと手を振っておきましたよ。

「まだ不貞腐れているのか、ヒューの奴」

「しょうがないでしょ。まだ長い間は馬に乗れないんだから。乗れるアリスターが羨ましいのよ」

フンッと鼻で笑う白銀を、ペロペロと身繕いをしながら紫紺が宥めていた。

そんな楽しい馬車の移動も一度の休憩を挟んだだけで、あっという間に目的地まで着くことができました。

しかし、そこは記憶にあるアースホープ領の門ではなく、また街を守る防御壁もなく、簡単な木柵がぐるりと続く広い林だった。

「ツリーガーデン。ここがお祖父様が経営する果樹園ですか？」

「ええ、そうよ。今はあちこちに収穫の人がいるけど、私たちはあっちの栗の木のところが今日の持ち場よ」

はい、と母様に笑顔で渡されたのは、長靴？　なんか、ちょっと重いよ、この長靴？

「ええ。怪我をしないように靴底に金属の薄いプレートが仕込んであるから」

母様はぼくと兄様だけでなく、プリシラお姉さんとキャロルちゃんにも長靴を渡していた。

どうやら、父様たちや騎士さんはもともと履いているブーツの底が頑丈なので履き替えなくてもいいらしい。

リリとメグは栗拾いには参加しないのでそのまま、セバスは履き替えなくていいの？

「私の靴は特別仕様なので」

内緒ですよと人差し指を唇にあててパチンとウインクするセバスに、ぼくも「ないしょ」と人差し指を口にあてた。


まずは栗拾い熟練者である母様の講習を受けてから、栗を拾いましょう。

リリとメグからぼくと白銀と紫紺はかわいいミニサイズの背負い籠を渡されました。

拾った栗はこの籠の中に入れるんだね。

そして、やっぱりみんなのトングよりミニサイズのトングを渡されて、試しにニギニギ、うん大丈夫だよ。

靴も長靴に履き替えたし、汚れてもいいようにエプロンをつけてもらったから、準備オーケーです。

「いい、落ちているイガ栗をこうして足で割って、中の実を取り出して拾うのよ」

母様は鮮やかな手つき？　足つきでイガ栗をバッカリと割ると中に入っていたツヤツヤとした実をぼくたちに見せてくれました。

うわーっ、ピカピカどんぐりよりツヤツヤかもしれない。

「こら、白銀！」

父様の大きな声に振り向くと、白銀が栗の木に登ろうとしていた。

「いや、木に生っているのを取ろうとして……」

登っていた木の幹からズルズルとズリ落ちてペタンと尻餅をついた白銀は、妙に迫力のある笑顔の母様から珍しくお小言をもらっています。

「いい？　白銀ちゃん。栗は落ちているのを拾うの。落ちているのを、ね！」

「……ワン」

白銀は狼《おおかみ》、神獣フェンリルなのに、飼い犬のようなかわいい声でひと吠《ほ》えして反省してました。

では、ぼくも栗を拾いましょう……て、なんで兄様はぼくの手を握って止めているのかな？

「危ないよ、レン。レンの手は柔らかくて傷つきやすいから手袋をはめようね」

兄様のズボンのポケットからベージュの革手袋が出てきて、素早い動作でぼくの両手にはめてしまいました。

んゆ？　この手袋は柔らかい革のほどよい厚さで子どものぼくにピッタリ！

「さあ、僕がイガを割るから拾ってごらん」

兄様はイガを二、三個足で転がしてきて、パッパッと踏み割っていく。

「うんしょ。うんしょ」

イガのトゲトゲが指に刺さらないように、そっと栗を拾い出してぺかーっと兄様に掲げてみせる。

「できた！」

「うん、よくできたね！　えらいよ、レン」

リリとメグ、ぼくたちの護衛をしているアドルフさんたちもパチパチと拍手してくれる。

ちょっと照れちゃうなぁ。

父様や母様にも自慢したいっとキョロキョロ見回せば、すでに籠いっぱいに栗を拾っている母様と、プリシラちゃんとキャロルちゃんのために猛スピードでイガを踏み割っている父様の姿が見えた。

うん、もっと頑張ろ。

「おいヒュー、レン。トング使えよ。手で拾ったら危ないだろう」

カチカチとトングを鳴らしてアリスターがぼくたちに注意をする。

「「あっ！」」

手に持っていたのにトングのことをすっかり忘れていたよ、あははは。

順調に栗拾いをしているぼくたちだったが、意外なことに苦戦をしている人たち？ がいた。

白銀と紫紺である。

「んゆ？ つめ、しゃっきーんは？」

確か「イガを割るなんて自慢の爪で余裕だっ、余裕」って豪語していたよね？

「なんでなんだ……」

「嘘でしょ……」

白銀と紫紺の周りにはいくつもの真っ二つにされたイガ栗が散らばっている。

「もったいない……」

中の栗まで哀れ真っ二つである。

「白銀は力が入りすぎだし。紫紺は風魔法を使うのはいいけど勢いがありすぎだよ」

兄様がしゃがんで切り刻まれた栗を拾うので、ぼくもしゃがんで丁寧に優しく割れた栗を拾う。

どうやらリリとメグが食べられるようにしてくれるらしい。

「力かげん……そんな繊細なこと、俺にできるのか？」

「一番弱っちい威力でこんなことになるなんて……もう、栗が食べられないわ」

なんか、二人ともものすごい落ち込んだ顔でげっそりしているけど、だ、大丈夫だよ！

「どんまい！」

ぼくはポンポンと白銀と紫紺の背中を優しく叩いた。

「そうですよ。こうして足で左右に広げるように踏んで割って、中の実が見えたら傷つけないようにトングの先でこうして、こうです」

アリスターが白銀と紫紺の前で実践してみせる。

「アリスター、しゅごい」

ぼくと兄様がわいわいと栗拾いをしている間に、アリスターの背負った籠の中はツヤツヤの栗でいっぱいだ！

「何？」

ぼくの後ろで兄様がピクリと何かに反応する。

「アリスター。お前、栗拾いは初めてじゃないのか？」

「いや。前に冒険者の依頼で手伝ったことがあった……んだけど、ヒュー？　なんでそんな怖い顔で睨むんだ？」

「しゅっごい、アリスター。ねえねえ、ぼくにも、おしえて？」

「おう、いいぞ。……って、だから、なんで睨むんだよっ、ヒュー！」

「うるさい。僕だって栗拾いは得意だ」

「嘘つけ。お前、今日が初めてだろう？」

なんだか兄様とアリスターが仲良くじゃれ始めたので、ぼくは白銀と紫紺と一緒に栗拾いを再開します。

うん、白銀がイガ栗を一か所に集めてきて、紫紺がダダダッと軽く踏んで割って、ぼくが中の実を取り出す作戦です。

それではいってみよう！

「「「おーっ！」」」

チームプレイでそれなりに順調に栗を拾っていくぼくたちと、なぜか競い合うように拾いまくる兄様とアリスターへ、母様が「おーい」と呼びかける。

「ここら辺は拾い終わったから、少し奥まで行って拾ってるわねーっ」

「「はーい」」

母様へと振り返って元気よく返事をしたけど……、す、すごいね、母様ってば、もう籠二つ分も栗を拾っていた。

気のせいか父様がげっそりと疲れているような？

プリシラお姉さんとキャロルちゃんも疲れた顔して、リリとメグが敷いた布の上に座ってお茶を飲んで休憩していた。

よし！　ぼくも母様に負けずに頑張るぞ！

「しろがね。しこん。もっと、ひろう」

「おー、任せろ」

「そうねぇ、まだあっちにもあるみたいよ」

兄様たちと少し離れた場所で栗拾いを楽しまないと、あらいざらい拾いまくっている兄様たちのおかげで拾える栗がなくなってしまうからね。

ぼくたちは少しずつ果樹園の奥に入りながら、栗拾いに夢中になっていった。

「んゆ？」

ずっとしゃがんで作業をしていたから腰が痛いかも？　と子どもらしくない仕草でぐいーっと体を伸ばしたぼくは、キョロキョロと辺りを見回した。

いつの間にか兄様たちの姿が見えないぐらい奥に来てしまったのかな？

白銀と紫紺は、ぼくと少し離れたところでまだ栗と格闘している。

どうしよう？　戻らなきゃ、きっと兄様が心配している。

「しろがねー、しこーん、かえろ……んゆ？」

二人の名前を呼んだぼくの視界の端に何かが映ったような？

キョロキョロ、じーっ。

大きな栗の木の根元にポツンとイガ栗が落ちている……落ちている？　いや、動いてたよね？

そのイガ栗の前にしゃがんでじいーっと観察していると、白銀と紫紺もぼくの傍にとことこ寄ってきた。

「どうした、レン？」

「なあに？」

「これ」

ぼくが指差すイガ栗を見て、二人はコテンと首を傾げた。

「なんだ？　イガを割ればいいのか？」

「ちがうの。これ……うごくよ？」

そんなバカなと笑おうとした二人の顔がピタリと強張ったのは、ぼくの言葉にイガ栗がわたわたと動揺するみたいに動き出したからだ。

「本当だわ」

「生きてんのか？」

「バカね、落ちたイガ栗が生きて動くわけないでしょ」

ゲシッと紫紺にお尻を叩かれてビクンッと白銀の体が跳ね上がる。

ぼくたちにはいつもの光景だけどイガ栗は驚いたのか、にょっきりと二本の足を生やしてパタパタと走り出してしまった。

「あ、まっちぇ」

ぼくも慌てて謎のイガ栗を追いかけると、白銀と紫紺もタタタッと走り出す。

「おい、待て。レン、走るな」

「そんなモノを追いかけないでーっ」

でも足が生えて走るイガ栗だよ？　珍しくてつい捕まえたくなっちゃうよね！

「まっちぇー、いがくりしゃーん」

ハアハア、ゼイゼイ。

ぼくとイガ栗さんはしばらく追いかけっこをしたら息も絶え絶え、足はガクガクです。

そんなぼくたちに生温かい眼差しでゆっくり歩いてついてきてくれた白銀と紫紺、息が整うまで待っていてね。

スーハースーハー。

深呼吸していると、少し早足の足音がしてちょっと焦った顔をした兄様とアリスターが姿を現しました。

「ああーっ、よかったレン。急にいなくなるから心配したよ」

「本当に。あー、よかった。俺は殺されるかと思ったぜ」

んゆ？　アリスターの最後、声が小さくてよく聞こえなかったよ？

兄様がツンツンとアリスターの脇腹を突いてアリスターが悶絶しているけど、ふふふ、兄様たちは仲良しだね！

「あれが仲良しなのか……よくわからん」

「あら、仲良しさんじゃないの。ふふふ。微笑ましいわ」

ハッ！　ちょっと和んでしまって忘れてしまうところだった。

ぼくは例の不思議なイガ栗を指差して兄様に報告する。

「にいたま。いがくりしゃん。あしがあるの。はしれるんだよ」

「えっ？」

イガ栗はかっこいい兄様に顔をグイッと近づけられて照れたのかブルルと体を震わせました。

「……動いた？」

兄様が眉を顰めてイガ栗を怪しんでいると、兄様の肩からフヨフヨとチロが飛んできてゲシッと紫紺ばりの蹴りをイガ栗にお見舞いする。

「わあああっ」

小さな妖精に蹴られたイガ栗はコロコロと転がって……転がってって、なんか中身があったよ？

「にいたま、ようせいしゃんなの？」

イガ栗の中からチロみたいな小さな人が出てきた。

頭には白い小さな花冠を被って薄緑色のヒラヒラワンピースを着た、涙目のかわいい妖精さんがいたんだ。

『アンタ、ワタシのひゅーに、なれなれしいのよ』

兄様の肩の上に腕を組んで仁王立ちしたチロがギロッとイガ栗の中から出てきた妖精さんを睨みつける。

チロの怒りの迫力にブルブル震える妖精さんはいったいなんの妖精なのかな？

ツンツンしちゃダメかな？

『おーい、なにやってんだ？』

チロと妖精さんの兄様を巡る緊張緊迫した空気に、呑気に突っ込んできたのは情報収集と言ってフラフラ遊びに行っていたチルだ。

「ちる」

『ありゃ、こんなとこに、うまれたてのようせい』

チルはぼくの目の前でホバリングして、イガ栗妖精さんを凝視している。

「チル。この子は、生まれたての妖精なのかい？」

兄様も上体をかがめて小さな妖精さんを覗き込むと、チロはぷくっと頬を膨らませて頷いた。

『そうよ。たぶん、はなのようせい』

『はながちったから、こいつきえちゃうぞ』

「んゆ？」

もう秋も中頃、沢山咲いていたお花も散って葉の色も変わっていく季節だけど、お花の妖精さんってそんなに儚《はかな》いの？

『ちがう。このこ、ようせいかいにいかないと、きえちゃう』

チロとチルがフヨフヨと小さな妖精さんの周りを飛んで観察するけど、妖精さんは二人にビビッて体を縮こませている。

「ようせいかい？　ちる、つれていって、あげゆ？」

　以前、兄様が大怪我をして水の精霊王様に治してもらいにチルとチロに連れられて妖精界に行ったことがあるから、今回もチルとチロがぐるぐる回って道を開いて連れていってあげればいいと思う。

『むり』

「え？　なんで」

　そんな冷たいこと言わずに迷子の妖精さんを連れていってあげてください。

　ぼくはチルに向かってペコリと頭を下げてお願いした。

『むりなのよ。このこは、はなのようせい。はなのようせいかいへ、いかないとむり』

　チロの言葉にチルもウンウンと激しく頷いて同意している。

「つまり、チロたち水の妖精たちがいるところでは、この子は生きられないってことかな」

『そうよ』

　小さな花の妖精さんは同じ花の妖精、精霊が集う妖精界か、土の精霊王様がいる妖精界に連れていかないと弱って消えてしまうらしい。

　そして、水の妖精であるチルとチロはその妖精界へと繋ぐ妖精の輪《フェアリーサークル》は作れない。

　うーんとぼくと兄様、チルとチロは腕を組んで考える。

　白銀と紫紺は妖精、精霊に関しては、残念ながら助けにはならないとか。

「俺たちは嫌われているからな」

しい。

昔、精霊たちにめちゃくちゃ迷惑をかけたことがあるので、仲があまりよろしくないらしい。

「……な、なあ。ヒューたちはなんの話をしているんだ？」

アリスターが遠慮がちに声をかけてきてビックリした。

あれ？　アリスターはこの小さな妖精さんが見えないのかな？

チロと契約している兄様は他の妖精も見えるし、そもそもチルとチロはぼくたちの周りの人に見えないと、おやつがもらえないから普段から姿を見えるようにしている。

白銀と紫紺は妖精を見るのに必要な魔力は人の何倍もあるから当然見えるし……アリスターは見えないんだね？

「うーん、なんとなくぼやぁとした光があるのは見えるけど、妖精？　の姿は見えないな」

アリスターは、ぼくや兄様が木の根元を見てわいわい話しているのを不思議に思っていたらしい。

チルとチロが「妖精だー」って騒いだから、そこに自分には見えない何かがいるのに気づいたんだって。

そして、今は兄様から事情を説明してもらっています。

ぼくやチルとチロでは、お話が上手にできないからね。

「つまり、生まれたての妖精を保護すんのか？」

「そういうことになるね。レンはこの小さな妖精を妖精界に連れていきたいと思っているし」

ぼくは兄様に頷いて、迷子の妖精さんを安全な場所へ連れていきたい強い意思を示してみた。

だって、せっかく生まれた命だよ？ しかもお花の妖精さんだもの、また来年もキレイに咲いてみんなを楽しませてほしい。

きっとお花の妖精さんが増えれば、お祖父様が治めるアースホープ領のお花もいっぱいいっぱい咲き誇るんじゃないだろうか？

そして、来年の春花祭はもっともっと楽しくなるんじゃないのかな？

ふんすふんすとぼくが気合いを込めていると、アリスターが少し呆れたように呟いた。

「どうやってその妖精界に行くんだよ、俺たち？」

それは、そのぅ、どうやったら見つけられるのかな？

『はながさいているところ』

『はなのようせいかい。はながいりぐち』

ふむふむ。

花が沢山咲いている場所は妖精界と繋がりやすいとな？

「にいたま！ アリスター！ はなばたけ、いくでしゅ！」

ぎゅっと両拳を握って宣言するぼくに、兄様とアリスターは互いの顔を見合わせ困惑する。

「花畑？」

「えーっ、もうすぐ冬だぜ？」

冬にだって、お花は咲くもん。

ぼくがお花の妖精さんを助けるために冬でも咲いている花を探すと鼻息荒く宣言したのを聞いて、兄様とアリスターは顔を見合わせてこしょこしょと話している。

「おい、ヒュー。冬咲きの花知ってるか？」

「……正直、野営に役立つ木の実とか野草しか知らないな」

「お前、そんな王子様顔していて、ワイルドだな」

「大事だろ？　貴重な食料だ。いざとなったとき花では腹は満たされない」

真剣な顔の兄様にぼくはドキドキします。

ど、どうしよう……妖精界探し反対されちゃうかな？

しょんぼりとした気分で二人を仰ぎ見ていると、兄様が固い表情でぼくに尋ねる。

「ねぇ、レン。レンは冬に咲くお花って知っている？」

「んゆ？」

冬に咲くお花？

うーんと、この世界に来てまだ季節がひと巡りしていないから、前の世界の記憶になっちゃうな。

「ありゅ」

住んでいたアパートの生垣に咲いていた赤いお花。

雪降る中でも、健気に咲いていた赤いお花。

「んとね、あかくて、キレイで……ちるのは、くびぽとり」

「『首がぽとり？』」

兄様とアリスターが恐ろしい言葉を聞いたとばかりにドン引いているけど、なんで？

「首が落ちるのかよ」

「斬新な花ね」

白銀と紫紺もゴクリと喉を鳴らしている。

確か椿《つばき》という名前で、他にも何か便利な……そうそう、油が取れるんだよね。

「あぶら。かみにぬる。キレイ」

「え？　食用の油じゃなくて髪に塗るの？」

こくんと大きく頷いたあとで、首を捻る。

あれ？　食用の油だったけ？　アパートが一緒だったオネエさんは「髪にいいのよ。椿油」と自慢していたような？

「とにかく探してみようぜ」

「そうね。あらかたの花は散ったけど、どこかに咲いているかもしれないわ」

白銀がふさんっと大きく尻尾を振って、果樹園のさらに奥へと歩き出し、紫紺もそのあとに続く。


しかし、行けども行けども花が咲いていることはなく、等間隔で植えられていた果樹が減り幹が太く背の高い木々が増えてきた。

「このまま進むとお祖父様の果樹園を出てしまいそうだな」

「そのまま森になっているんだっけ？」

「うん。森といっても範囲は狭いけどね」

ブルーベル辺境伯領地で育ち、ハーヴェイの森を見て育った兄様にとっては小さな森かもしれないが、あとで母様に聞くと魔物も出るし子どもだけで入るなんて危ない森だと怒られた。

「ない」

とことこ、……とことこ。

つ、疲れたわけじゃないよ？　でもずっと同じ場所を歩いているみたいだし、お花は咲いてないし、小さな妖精さんは白銀の背中でシクシク泣いているし。

むー、疲れた。

べしょとその場で座ってしまったぼくに気づいた兄様が慌てて走り寄ってくる。

「レン？　どこか痛いの？　気分悪いの？」

オロオロする兄様に「歩いて疲れた」というのが恥ずかしくて、もじもじしていたらサアーッと顔色を真っ白に変えてしまった。

「アリスター！　すぐに引き返そう。レンが大変だっ！　ものすごく悪い病気かもしれない……」

パコンッ！

「落ち着け。レンに何かあったら白銀様たちが放っておかないだろう。レン、疲れたのか？おぶってやろうか？」

兄様の頭を軽く叩いたアリスターは、ぼくに背中を向けた。

ノロノロとぼくはアリスターの背中に覆いかぶさってぎゅっと首に腕を回す。

「ありあと」

「おう。ちゃんと摑まっていろ。……て、ヒュー。睨むなよっ」

「ズルい。ぼくがレンをおんぶしたかったのに」

「いいじゃない、代わりばんこに背負えば」

紫紺が兄様の足元でキチンとお座りして慰めると、白銀はしばらくぼくたちの周りをウロウロと歩き回り、急にダーッと走り出した。

「しろがね？」

きょとんと白銀の後ろ姿を見送っていたら、ダーッとまた戻ってきた。

口に木の枝を咥えて戻ってきて、ぼくの前でポトリとその木の枝を落とした。

「食えっ。レン、木の実だ」

「きのみ？」

木の枝には大きな橙《だいだい》色の木の実が生っているけど、食べられるの？

「しょうがない、俺が味見してやる」

あーんと大きな口を開けた白銀に、チルとチロがハッとして止めに入るが、……遅かった。

『だめだ！』

『それちがう』

「あーん、ムシャムシャ……ぶえええええぇっい」

白銀は何度か咀嚼したあと、盛大に口の中のものを吐き出し悶絶している。

ど、どうしたの？　まさか、毒だった？

『それ、しぶいかき、だぞ』

『そのままじゃ、たべられないのに』

あー、渋柿ね……白銀ったら、かわいそう。

渋柿を口にしてしまった白銀はしょっぱい顔のままなのだが、紫紺は四方八方に魔法を広げ咲いていている花がないか調べてくれている。

レーダーみたいな魔法なのかもしれない。

「あったわ」

目を瞑っていた紫紺がクワッと目を見開いてクイッと顎で示した場所は、森のもっと奥深い場所だった。

「僕やアリスターに問題はないけど、レンまで連れていくのはどうかな？」

兄様の過保護が爆発している！　そんな、ぼくも妖精さんを妖精界に送り届けたいです。

「いや。俺たちじゃ妖精界なんて開けないぞ。レンを連れていければ、なんかどうにかなりそうな気がする」

「アリスターの直感は無視できないな……」

兄様が心配そうにチラッとぼくを見るので、にへらっと笑って「大丈夫」アピールをしてみました！

「はあーっ、イヤな予感しかしない」

片手で顔を覆ってため息をつく兄様に、ぼくは首を傾げた。

ぼく、ちゃんといい子にしているのに。

「じゃあ、とりあえず奥に進んでいいんだな」

「ああ、白銀。母様たちに心配かけたくないから少し急ごう」

「そうね。下手に状況を報告したら反対されるから、このまま行ってしまいましょう」

白銀は背中に妖精さんを乗せたまま、紫紺が示した場所へダダッと駆け出し、紫紺があとに続く。

ぼくを背負ったアリスターと兄様も躊躇《ちゅうちょ》なく森の奥へと駆け出したのだった。

背の高い木々に囲まれ、日に陰る場所も増えてきた頃、紫紺の見つけた冬の花の匂いが漂ってきた。

ほんのりと香る優しい甘さ。

少し速度を落としたぼくたちの前に、淡いピンク色の小振りな花をつけた低木が数本生えている場所に出た。

「紫紺、これかな？」

「そうね。でもこれっぽっちじゃ、妖精界までの道は開かないかもしれないわね」

小振りな花は桜の木のように満開に咲いているというより、数個がちらほらと咲いている状態で、ここから妖精界を繋ぐ妖精の輪が作れるのかどうか。

『そもそも、おれたち、はなのようせいかい、いけないぞ』

『みち、つくれないわよ』

チルとチロがちょっと眉を下げて申告すると、兄様たちは「あっ！」と思い出した顔をして、肩を落とした。

ぼくはアリスターの背中からずるりと下りて、ピンク色の花を観察します。

ぼくの知っている冬の花と似ているようで違う、かわいいお花だな。

「んゆ？」

なんだか、背中に感じる視線？　気配？　にぼくはクルリと振り向きました。

……誰も、いないよね？　いないよね？

「はて？」

でも感じる背中に視線、気配、トコトコと辺りを探してみるけど誰もいない……けど。

「このき、くろい？」

一本の木、周りのどの木より高く太い木の幹がまだらに黒くなっていた。

「びょーき？」

コテンと首を傾げる。

木も病気になるってぼくは知っているけど、治し方は知らない。

もしかして、この木がぼくに助けを求めていたのかな？

「レン。あまり離れると危ないわ」

「しこん。これ」

ぼくは背中にふわんと鼻を押しつけてきた紫紺に、病気の木を指差してみる。

「あら、この木。もしかして？　ちょっと待ってね。魔法で調べてみるわ」

紫紺はその木をグルリと回って珍しそうに見上げると、自分の足元から何本もの蔓《つる》を生やして、その木の幹にグルグルと巻きつけていく。

「ふわわわ」

「どうした？　レン、紫紺」

のしのしと白銀がゆっくり歩いてきたので、蔓に絡まれた黒い木が怖かったぼくは、白銀の首元にぎゅっと抱きついた。

「お、おおう。どうした、レン？　って、なんじゃありゃ」

白銀も大きな木の惨状に目を丸くして驚いている。

「あらっ、この木。やっぱりそうなのね」

「紫紺？　何してんだよ」

ややビクビクと紫紺に怯え尻尾を下げた白銀が問いかけると、紫紺はちょっと困った顔でこちらを向いた。

シュルルルと蔓は木から離れて紫紺の足元へと消えて、ぼくもホッと胸を撫で下ろす。

「どうしよう？　この木……世界樹の一部みたい」

「「えっ？」」

世界樹って何？

世界樹とはこの世界を見守り慈しみを与える聖なる樹である。

創造神様は神獣様と聖獣様をお創りになる前に、まだ安定しない世界に秩序をもたらすように世界樹を植えた。

……とおとぎ話では伝えられている。

一本の木の前から動かないぼくを心配した兄様がそう教えてくれました。

「ふえええっ」

つまり、白銀たちよりも前にシエル様に創られたすごい樹《き》なんだ。

ぼくに世界樹のことを教えてくれた兄様とアリスターは、疑いの目で世界樹らしき樹を見たあと、息を吐いて顔を曇らせた。

「でもね、世界樹はもうこの世界には存在しないはずなんだ」

「そうそう。大昔に折られてしまって、今は創造神様のおられる天上に植えられていると教会では言い伝えられている」

つまり、世界樹はシエル様の元にあって、もうこの世界には存在しないのに、ここに世界樹っぽい樹があるのはどういうこと？

ぼくたちと少し離れたところでズドーンと落ち込んでいる白銀と紫紺は何か知っているのかな？

それと、この樹の幹がまだらに黒いのは病気なの？　あと……根元からもモヤモヤと嫌な気配がしてるんだけど……。

兄様たちも難しい顔をして悩んでしまっているみたいだし、ちょっと樹の根元を掘ってみようかな？

「どうする？」

「どうするって、どうすんのよ」

俺と紫紺はヒューたちと少し離れたところで相談している。

あの世界樹もどき、たぶん昔折られた世界樹の枝を挿し木でもして成長した稀有《けう》な樹だろうが……、実は元の世界樹が折れたのは、俺たちのせいだったりする。

「俺たちって、アンタたちの喧嘩のせいでしょ」

「うぐっ」

た、確かに、俺とバカ鳥と気持ち悪い駄馬の派手な喧嘩を止めに入った奴の足蹴りが決定打となり、パッキリと折れちまったが……。

紫紺や爺さんたちだって、笑って見てて止めなかったじゃないか！

「あのね、神獣たちの争いに首を突っ込む馬鹿は駄馬ぐらいのモンよ。なんで世界樹の周りで騒いだのかしら？」

紫紺がじとーっと冷たい視線で俺の繊細なハートをグサグサ刺しやがる。

「でも、アレが折れたときはもう大地もできて森もあったし、いろんな種族の命も育まれていたし、奴の役目はほぼ終わってたんじゃねぇの？」

「アンタ。世界樹が折れたとき、あの方がギャン泣きして激怒したの、忘れたの？」

ハッ！　そうだった。

いつもはぽややんでちょっとおバカなあの方が、珍しく激おこして俺たちに神罰を与えていたし、しばらく神使たちに慰められながら仕事していたなぁ。

「そうだった……」

「まぁ、地上での役目が終わっていたのは本当でしょ。あのあと、神界に植えたけど地上に世界樹を植えることはなかったから」

「ふむ。じゃあ、あの世界樹もどきは放っておいていいのか？」

正直、ここに世界樹もどきがあることをあの方に報告して、昔のやらかしをぶり返されるのも厄介だ。

できるなら、黙っていたい。

「バカでしょ？　どうせ、あの黒い鳥が全部記録してあの方に届けるわよ。そうしたらあの方の判断で神界に持っていくか、このままにしておくか、お決めになるんじゃないの？」

「じゃあ、俺たちはこのまま？」

何もしなくてもいいのか？

「うーん、そうねぇ。試しに枝でも一本持って帰ろうかしら？」

「はあぁっ？」

紫紺はチラリと世界樹に視線を流すと言葉どおり持って帰る枝を物色しているのか、目を細めた。

「あら？」

「どうした？」

「あの樹、幹がまだらに黒くなっているから、レンが病気じゃないかって言ってたけど、本当に病気かもしれないわ」

紫紺がピンッと尻尾を立てて、じっくりと世界樹もどきを魔法で精査し始める。

挿し木で大きくなったとはいえ、元は世界樹の一部である。

病気になるのか？　世界樹が？　俺たちが物理的に折ってもその生命は失われなかったのに？

「ところどころ、魔力が滞っているみたいなの。いいえ、何かに力を大きく削《そ》がれているみたい」

コテンと紫紺が首を傾げるが、魔力操作や魔力探知に限っては、俺より、いや神獣聖獣の中でもピカイチの能力を持つ紫紺がわからなかったら、俺には絶対に理解不能だ。

「ん？」

チリンチリン。

何やら軽い音……ちょっとリズムのズレた軽快な音が聞こえてきたぞ。

「何かしら？」

紫紺もフンフンと上を見回して、音の出所を探している。

「……鈴の音？」


兄様たちに見つからないように手で樹の根元を掘っていたんだけど、土が固くて冷たいので痛くなってきてしまった。

「うー」

でも、気になる。

なんだか、ここを掘らないといけないって使命感がぼくの胸に沸々と湧いてくるんだよね。

キョロキョロと周りを見て、土を掘り起こすのに何かないか探していると、ポトリと何かが上から落ちてきた。

「えだ？」

世界樹らしい樹の枝だろうか？　ぼくの小さな手でも握れそうな細さの短い枝がポトリと落ちてきた。

じっと樹を見上げるけど、樹はサラサラと風に葉を揺らすだけで答えてくれるわけがない。

「ま、いっか」

枝を両手に握って土をゴリゴリと掘っていきます。

「ジャジャーン！」

やっぱり、樹の根元には何かが埋まっていました！

枝を使って掘ること……ちょびっとしか掘ってないけど。

そこには、ぼくの手のひらにピッタリな大きさの丸い輪の形に連なった鈴が埋まっていた。

「う、うーむ。なんだかくろい。くろいもやもや」

ぼくはこの黒いモヤモヤが悪いものだって知っている。

でも、なぜかこの鈴が気になってしかたないんだよね。

「あ、ふえだ！」

そうだ！　春花祭の事件のとき、悪いやつが落としていった笛と同じ感じがするのだ！

「……ならす？」

あのときは笛の形が変わってぼくでも吹けるようになったから、つい楽しくて吹いちゃったんだよね。

ぼくはそっとその鈴へ手を伸ばした。

「ほんのちょっとだけ」

チリン、と澄んだ音が響くと樹の葉擦れが鈴に合わせたようにサラサラと音を立てた。

「ふふふ」

あれ？　楽しくなってきたかも？

ぼくはスクッと立って片足ずつステップを踏みながら、手に持って鈴を振り出した。

チリンチリン。

ぼくが鈴を鳴らすと、鈴の中から黒いモヤモヤが出てきてスウーッと消えていく。

そして、葉擦れの音が大きくなると、樹の幹のまだらに黒い部分もスウーッと消えていったんだ。

「わーい！」

チリンチリン。

「レン？　何やってんの！」

紫紺の絶叫も聞こえないぐらい、ぼくは夢中で鈴を持って踊っていた。


レンがいつの間にか手に鈴を持って楽しそうに踊っている。

……いや、踊っているのはいいと思う。

かわいいし。

そうじゃなくて、チリンチリンと鳴る鈴の音が響くのに同調して、その鈴からそして世界樹もどきの樹から魔力の放出を感じる。

いったい何が起きているんだ？

「ヒュー、レンのあのヘンテコな動きはなんだ?」

アリスターがちょっと困惑した顔で尋ねてきたが、あのかわいい踊りがわからないんだろうか?

お尻をフリフリして、かわいいのに。

「ヒュー。レンの手に持っているのはなんだ?」

白銀が耳をピルルと不快そうに動かしてこっちに歩いてくる。

「あれは鈴だよ。レンが見つけて気に入ったみたいだね」

ふふふと口に笑みを浮かべてレンの愛らしい姿を眺めていたら、レンの頭の上でチルも音につられて踊っている。

「キャーッ! だめよだめーっ! レン、それを放しなさいっ」

ダダダーッとレンに駆け寄り、しなやかなその尻尾でベシッと手に持った鈴を叩き落とした紫紺は、鬼気迫る形相でレンを叱りつけた。

「だから、浄化の力を使っちゃだめーって言ってるでしょう!」

「ご、ごめんなしゃい」

レンは尻尾で叩かれた手をもう片方の手で覆い呆然としたあと、くしゃっと顔を歪めて泣くのを我慢して謝っている。

「ふうーっ。叩いてごめんなさい。気持ち悪いところとかない? クラクラしたりしていない?」

紫紺は息を大きく吐き出すと、レンの周りをゆっくりと回ってレンに異常がないか確認し始めた。

僕もアリスターと一緒に慌ててレンの傍へ走り寄る。

「大丈夫？　レン、痛いところとかない？」

俯いていた顔を上げさせて、額で熱を測ったり、頰を両手で挟んで顔をよく見つめるが……レンの大きな目には涙が溜まってウルウルしていた。

「ううっ。にいたま、ごめんなしゃい。おこってゆ？」

「怒ってないよ。紫紺だって心配しただけだよ。浄化の力はレンが扱うにはまだまだ早いからね」

ナデナデと頭を優しく撫でると、レンの背中にもふんと紫紺が体をすり寄せていた。

「……ちから、わかんない。すず、ふってたの」

あれ、とレンのぷにぷにした指が差したところに転がっている鈴を見て、僕は春花祭でレンが吹いていた笛を思い出した。

「もしかしてあれって……」

白銀が鈴に顔を寄せてフンフンと匂いを嗅いでいるが、特に何もなかったようで首を捻っている。

「念のため持って帰ってギルに渡しましょう。たぶん、例の笛と同じ出どころかもしれないわ。だって、世界樹もどきもすっかり元気になっているみたいよ」

クイッと紫紺が顎で示した世界樹もどきの幹はまだらにあった黒い箇所がなくなり、なんとなくキラキラ輝いているみたい……輝いている？

じっとみんなで世界樹もどきを凝視していると、誰かが「あっ！」と叫んだ。

「え？」

世界樹もどきの輝く幹に小さな穴ができ、それがドンドンと大きく広がっていく。

しかも、ブオオオォォンと強い力で僕らの体が吸い込まれて抗《あらが》うことができない。

「レン！」

咄嗟に腕を伸ばし、レンの小さな体を抱き込むと、ぼくの体に覆いかぶさるアリスターの体温を背中に感じ、同時に、ふわっと体が浮いた。

そして、僕たちは世界樹もどきの幹の中へと取り込まれてしまったのだった。

べしゃっ。

どこかに落ちたみたいだけど、体に衝撃は感じない。

兄様がぼくの体をしっかりと抱きしめてくれたからだ。

樹の根元に埋まっていた鈴を鳴らして楽しく踊っていたら、知らないうちに浄化の力を振り撒《ま》いていたみたいで、紫紺に怒られちゃった。

それでしょんぼりしてたら、なぜか元気になった世界樹もどきの幹にグワッと穴が開いて、掃除機みたいな力でぼくたちは樹の中へと吸い込まれてしまったんだ。

……で、ここはどこだろう？　本当に樹の中なのだろうか？

だって、とってもあったかくてカラフルで賑やかだよ？

「なんだ、ここは」

「アリスター、重い。早くどいてくれ」

「ああ、すまない」

ひょいと兄様の体からどいて、立ち上がる兄様に手を貸すアリスターは、キョロキョロと信じられない光景を見るように視線を飛ばしている。

「ふーっ。ところでここはどうなっているんだろう？」

兄様も光の洪水、カラフルな色彩、光り輝く空間に目がチカチカしているようだった。

白銀はスンッとした顔で目を瞑っているし、紫紺はワクワクした顔でソワソワしている。

『ここはー』

『ようせいかいよ』

『あー、おれの、せりふ、とった』

チルとチロがじゃれ合いながらぼくたちの周りをフヨフヨと飛び回っている。

「ようせいかい？」

「ここが？　偶然なのかな？」

ぼくと兄様は顔を見合わせてコテンと首を傾げる。

「おいっ、俺の背中で暴れるな！」

白銀が自分の背中を見ようと首を後ろに回してグルグルと回り出した。

「静かにしなさいっ」

紫紺がパチンと軽く白銀の顔を叩くと、白銀は前足で鼻を押さえてうずくまってしまう。

「あ、ようせいさん」

ずっと白銀の背中に乗っていた妖精さんは、白銀の毛を摑んでグイグイ引っ張っていたみたいだけど、白銀が体を伏せたらぴょこんと降りてタタタと走り出していく。

「おい、ヒュー。なんかいっぱい来るぞ」

アリスターが兄様の背中をバシバシ叩くほど驚いているのは、こちらに向かって大人の妖精さんが近づいてきたから……あ、妖精さんじゃなくて精霊さんかな？

ぼくたちは、精霊さんたちにすっかりと周りを囲まれてしまった。

「人の子よ。ご苦労だった……といっても、この獣人の子は我らは見えるが妖精は見えぬようだの」

「ほおっ、珍しい。こちらの子どもは妖精と契約を交わしておるぞ」

「げっ、なんで人騒がせな神獣と聖獣が一緒にいるのだ」

あわわわと上から見下ろしてくる精霊さんたちに動揺していると、泣いてばかりだった妖精さんが精霊さんの手に掬うように持ち上げられた。

「本当にありがとう。風に飛ばされ迷子になっていたこの子を連れてきてくれて。礼を言う」

ぼくたちに向かってペコリと頭を下げた精霊さんは、白い花で作られた花冠と腕輪をしたキレイなお姉さんだった。

「無事に妖精界まで生まれたばかりの妖精を連れていくことができたみたいだね」

兄様もホッと安心したのか柔らかい笑顔で精霊さんにお辞儀を返していた。

「それでは、礼に祝福でも授けよう」

「えっ？」

「ほえっ？」

「バカ、やめろ」

「あらあら」

精霊さんたちは兄様の額、アリスターの手の甲、白銀の鼻、紫紺の尻尾に「チュッ」と祝福のキスを贈ってくれた。

「あなたにも、祝福を」

「ふわわっ」

チュッと白い花の精霊さんと、生まれたばかりの妖精さんから両頬にそれぞれ祝福のキスをしてもらえました！

「ありあと！」

ニッコリ笑顔でお礼を言わないとね！

ぼくたちは、しばらく花が咲き溢れる妖精界で過ごしました。

ぼくと兄様とアリスターは妖精さんに教えてもらいながら花冠や腕輪を作り、白銀と紫紺は花の蜜たっぷりのお酒をチビチビ飲んで楽しんでいました。

お花のお酒はお土産に持たせてくれるそうです。

「できた」

ぼくが両手に持って掲げるのは花冠……のはず。

「あれ？」

『れん。はなが、スカスカ、だぞ』

チルの指摘どおり、花がスカスカで花冠？　と首を傾げたくなるものが爆誕してしまった。

チラッと兄様とアリスターの手元を見ると、さらに自信がなくなります。

「にいたま、アリスター、じょうず」

アリスターは赤やオレンジの大輪の花をメインに花冠を作っていて、兄様は白い花に少し小さなピンクの花を交ぜて花冠を作っていました。

「はい、レン」

バサッと兄様が作っていた花冠をぼくの頭へと被せる。

「んゆ？」

「よく似合っているよ。かわいい。レンが作ったのは僕にくれないかな？」

「んっ！　こ、これ？」

兄様が指差すのは、ぼくの手に握られている花がスカスカの花冠、いや草冠かもしれないものだ。

かっこいい兄様に被せるのを戸惑いモジモジしていると、兄様がズズイと頭を差し出してきたので、半泣きの表情でポフンとのせた。

「ふふふ。ありがと」

満面笑顔の兄様に抱っこしてもらい、クルクルとその場で回るぼくらを、アリスターがやや冷めた眼《め》で見ていた。

「何やってんだか……。俺もキャロルにあげるとするか」

うん、キャロルちゃんも喜ぶと思うよ。

「おーい、そろそろ戻るぞ。ギルたちが心配するからな」

「帰りましょう。早くしないと白銀が酔っぱらうわ」

「べ、別に、俺はまだ大丈夫だっ！」

ぼくたちは白銀の赤い顔にクスクスと笑って、妖精さんたちにさよならの挨拶をする。

「じゃあね、ばいばい」

「ありがとう」

「……にいたま。どうやって帰るの？」

「「あ……」」

世界樹もどきの幹の穴から落ちてきたんだもの、帰るときはどうしたらいいの？

「人の子よ。我らが神樹、世界樹はそこに」

一人の精霊さんの言葉に促され後ろを向くと、ドドーンと存在を主張する大樹がそびえ立っていた。

え？　こんな樹あったけ？

「長いこと瘴気《しょうき》に侵されつつあったのをその身で浄化していたのだが、それももうすぐ力尽きるところだった」

精霊さんに導かれるままにゆっくりとその樹に近づいていく。

「だが、人の子たちが聖なる神具で世界樹に巣食った瘴気を祓《はら》い清めてくれた。感謝する」

「いや、たぶん浄化したのは神具ではなく、神具となった鈴そのものが瘴気を集めていたと思います」

兄様は厳しい顔でぼくが樹の根元から掘り出した鈴を睨む。

「いや、それは神具となった。浄化する力が蓄えられている。人の子よ、小さき愛しい子よ。感謝する。我の命を繋いだ者よ。さあ、人の地へお戻り」

「「わあっ」」

「てめぇ、もっと丁寧に扱え」

「きゃーっ、また落ちるの？」

大きな樹にまたもや大きな穴が開き、驚く間もなく精霊さんに背中をドーンと押され、ぼくたちは穴に落ちていった。

暗い穴から見た鮮やかな妖精界の空とその精霊さんは、にこやかに手を振っていた。

あの人は、もしかして世界樹もどきの精霊さんだったのかな？

「遅かったな」

「どこまで行っていたのかしら？」

世界樹もどきの幹の穴からこちら側へと戻ってきたぼくたちは、慌てて父様たちを探して合流した。

父様たちは、まさかぼくたちが妖精界へ行っていたと思わず、ぼくたちはちょっとだけ小言をもらうだけで済ますことができた。

「あら、大きな栗。すごいじゃない」

ぼくと兄様、アリスターの籠の中には栗がいっぱい！　それもぼくたちが拾った覚えのない大きな栗が籠いっぱいに入っていた。

これは、妖精さんの祝福のおかげかもしれない。

プリシラお姉さんも、キャロルちゃんと一緒に控えめな笑顔を浮かべ楽しそうに栗を箱に詰めていた。

「ちょうどいいわ。ヒューたちが拾ってきたのは、私たちが持って帰る分にしましょう」

「そうだな。これぐらいあれば騎士団の奴らにもお裾分けできそうだ」

「そろそろ、帰る準備をしませんと遅くなりますよ」

セバスが、一日栗を拾っていたとは思えない涼しい顔とビシッとした執事スタイルで、ぼくたちに帰るよう促す。

「そうだな。帰るか。帰ってマーサに栗を渡そう。きっとおいしいスイーツを作ってもらえるぞ」

セバスに栗の入った籠を渡すと、父様がなんとも嬉しいことを教えてくれた。

グルンと勢いよく顔を母様に向けて真偽を確かめます。

「ええ、マーサは昔から果物でスイーツを作るのが趣味なの。とってもおいしいスイーツを作ってくれるわよ」

「わーいっ」

両手を上げて喜びを表現していると、アリスターがポツリと呟いた。

「栗なら焼いてもうまいしな」

焼栗！　ホクホクであまあまな焼栗！

ぼくと白銀がダラーッとよだれを垂らしていると、兄様がクスクス笑って口元を拭いてくれました。

「焼栗も作ろうね」

「あい！」

楽しい楽しい栗拾い。

拾ったあとも楽しいことが続きます！

「あ、父様。実はレンがこんなモノを拾いまして……」

兄様がぼくのお気に入りの鈴を父様に手渡して事情を説明すると、父様は見る間に顔を険しくしていく。

「大変だっ！」

それから父様は、しばらく忙しい日々が続いたそうです。

マーサと作った栗のスイーツを差し入れしてあげるから、父様、頑張って！


ちびっ子転生日記帳～お友達いっぱいつくりましゅ！～②／了

ちびっ子転生日記帳 2

～お友達いっぱいつくりましゅ!～

MAG Garden NOVELS

ちびっ子転生日記帳
～お友達いっぱいつくりましゅ！～②

発行日　2024年7月25日 初版発行

著者 沢野りお　イラスト こよいみつき

発行人　保坂嘉弘
発行所　株式会社マッグガーデン
〒102-8019 東京都千代田区五番町6-2
ホーマットホライゾンビル5F
編集 TEL：03-3515-3872　FAX：03-3262-5557
営業 TEL：03-3515-3871　FAX：03-3262-3436
印刷所　株式会社広済堂ネクスト
担当編集　小林亜美（シュガーフォックス）
装　幀　木村慎二郎（BRiDGE）＋矢部政人

本書は、「小説家になろう」（https://syosetu.com/）作品に、加筆と修正を入れて書籍化したものです。

ISBN978-4-8000-1469-6 C0093　Printed in Japan

著者へのファンレター・感想等は〒102-8019（株）マッグガーデン気付
「沢野りお先生」係、「こよいみつき先生」係までお送りください。